Hermann Gutmann

Seemannsgeschichten

aus
Kapitän Johann Bradherings
Logbuch

EDITION TEMMEN

28209 Bremen - Hohenlohestr. 21
Tel. 0421-34843-0 - Fax 0421-348094
info@edition-temmen.de
www.edition-temmen.de

Herstellung: Edition Temmen

ISBN 3-86108-172-5

Seemannsgeschichten

Inhalt

Kapitän Bradhering und seine Freunde erzählen an ihrem Stammtisch im »Grauen Esel« Anekdoten aus der christlichen Seefahrt

Die Geschichte des Kapitäns Johann Bradhering

Dies ist die Geschichte des Kapitäns Johann Bradhering.

Wenn Sie so wollen, könnten Sie diese Geschichte als Vorwort nehmen. Und eigentlich ist sie auch eines. Weil aber Vorworte im Allgemeinen nicht gelesen werden, meistens zu Recht, ist diese Geschichte eben doch kein Vorwort, sondern nichts anderes als der Beginn dieses Buches.

Und mit dem Beginn sollten Sie auch anfangen: Denn um es Ihnen gleich zu sagen, dieses Buch ist kein Krimi. Das Lesen eines Krimis beginnt meistens mit der letzten Seite. Man ist ja neugierig und möchte wissen, wer der Täter ist. In diesem Buch erfahren Sie den »Täter« sofort. Es ist der Kapitän Johann Bradhering.

* * *

Kapitän Johann Bradhering, Kapitän auf großer Fahrt, versteht sich, war ein Seemann von Geburt. Seine Vorfahren waren allesamt Seeleute – Kapitäne, Steuerleute, auch mal ein Matrose dabei, der den Dreh zum Patent nicht geschafft hatte, aber deswegen kein schlechterer Seemann war als die anderen. Die Familie Bradhering stammte aus Pommern – immer so aus dem Küstenbereich. Auch Johann Bradhering wurde in Pommern geboren. Aber seine Heimat war die See.

Als Moses und als junger Matrose hatte er die Ostsee kennen gelernt und nicht weit von Rügen mit der Bark »Adolf« einen kapitalen Schiffbruch erlebt.

Er fuhr auf Stralsunder, Rostocker, Hamburger, Bremer und Emdener Seglern, Dampf- und Motorschiffen rund um die Welt, hatte mal mit verrutschter Ladung im Laderaum seines Schiffes bei stürmischem Wetter den halben Atlantik überquert, ohne Schaden zu nehmen, und setzte sich später nach einem arbeits- und ereignisreichen Leben zur Ruhe. Von diesem Augenblick an begann er zu schreiben.

Kapitän Johann Bradhering war nie ein Mann großer Worte gewesen.

Seine Kommandos gab er mit den Augen, und nur im äußersten Notfall setzte er seine Stimme ein, die allerdings ein gewaltiges Volumen hatte.

Was er zu sagen hatte, vertraute er dem Logbuch an. Einmal im Monat schrieb er einen Brief an seine Frau Kathrin. Mehr als eine Seite war es nie. Gelegentlich schrieb er ihr eine Postkarte folgenden Inhalts: »Liebe Kathrin, viele Grüße Dein J. B.«

Wenn Kapitän Bradhering auf Landurlaub war und in seiner Stammkneipe »Zum grauen Esel« von unkundigen Landratten ins Plaudern gebracht werden sollte, dann musste er schon mindestens vier oder fünf Grog getrunken haben. Und zwar Grog nach dem Rezept seines Stewards Fritz, der aus Nordfriesland stammte.

Fritzens Grogphilosophie war denkbar einfach. Fritz pflegte zu sagen: »Rum muss, Zucker darf, Wasser kann.« Und da an Bord an Wasser gespart werden musste, stand er mit seinem Rezept durchaus auf der Linie der Schiffsführung.

Und nach diesem Rezept wurde der Grog für Kapitän Bradhering auch im »Grauen Esel« gebraut. Mindestens vier bis fünf Grog waren notwendig, um Kapitän Bradhering zum Sprechen zu bringen.

Zum Sprechen? Na ja!

Wer nämlich erwartet hatte, ihm die ein oder andere Seemannsgeschichte entlocken zu können, sah sich getäuscht.

Bestenfalls bestimmte Kapitän Bradhering: »Der Grog ist in Ordnung!«

Und das war nun das Äußerste an Geschwätzigkeit, das sich Kapitän Bradhering gestattete.

Wenn der Grog aber mal nicht in Ordnung war, schwieg Kapitän Bradhering auch noch nach dem sechsten und siebten Grog. Nach dem achten Grog stand er auf und verschwand ohne Worte. Unterwegs dachte er dann wehmütig an seinen Steward Fritz.

Das also war Kapitän Bradhering.

Wir beginnen praktisch mit dem Ende der Seemannskarriere des Kapitäns. Mit seinem Gang in den Ruhestand.

Er war 67 Jahre alt - zwei Jahre über das normale Rentenalter hinaus. Der Leiter der nautischen Abteilung seiner Reederei, ein alter Freund von ihm, meinte eines Tages: »Mensch, Bradhering, Sie sind, zugegeben, einer unserer Besten. Aber andere wollen auch mal an die Reihe. Zwei Jahre haben wir Ihnen noch gegeben, nun müssen Sie aber leider gehen.«

Kapitän Johann Bradhering grummelte vor sich hin, aber er sah ein, dass auch andere Kapitän werden wollten, zum Beispiel sein Erster Steuermann Schulze.

Als Bradhering von dem Leiter der nautischen Abteilung erfuhr, dass just Schulze als sein Nachfolger vorgesehen worden war, atmete er hörbar und erleichtert auf und hatte nichts mehr dagegen, die Schiffsplanken für immer zu verlassen. Er brauchte um sein Schiff keine Angst zu haben. Schulze war mindestens so gut wie er - eben nur jünger.

Er ging nach Hause, sehnlichst erwartet von seiner Frau Kathrin, machte es sich bequem und fing an zu schreiben.

Vieles von dem, was er erlebt, gesehen und gehört hatte, schrieb er in seiner gestochenen Handschrift, die er seinem alten Lehrer Albert Müller auf der Volksschule seines Heimatortes verdankte, nieder. Satz für Satz und ohne Schnörkel, wie er es bei den Eintragungen ins Logbuch gewohnt war.

Als er mit 97 Jahren mitten im Satz abberufen wurde für die große Reise ohne Wiederkehr, da fanden seine Erben in seiner grünen Seemannskiste, die ihn über Jahrzehnte begleitet hatte, seine sorgfältig sortierten privaten Logbücher. Die Logbücher des Kapitäns Johann Bradhering.

Und einiges von dem, was Kapitän Johann Bradhering aufgeschrieben hat, steht - mit einigen hinzugesetzten Schnörkeln und Nebensätzen versehen (was Kapitän Bradhering verzeihen möge) - in diesem Buch.

Einige dieser Geschichten hat er selbst erlebt, andere sind ihm erzählt worden, einiges scheint Wort für Wort zu stimmen, anderes ist offensichtlich Seemannsgarn.

Denn Kapitän Johann Bradhering beherrschte noch die Kunst, Seemannsgarn zu spinnen. Das gibt es heute gar nicht mehr, denn die Fahrensleute leben in modernen schwimmenden Hochhäusern, weit weg von der sie umgebenden Natur. Und um die Natur brauchen sie sich nicht mehr zu kümmern – darum kümmert sich die Technik.

Sagen wir mal Folgendes – vielleicht ein bisschen überspitzt: Wenn also die Klimaanlage an Bord eines der neuen Schiffe läuft, weiß der Seemann in seiner Hochhauswohnung, dass er sich in den Tropen aufhält. Läuft die Heizung, befindet er sich in der Arktis.

Die Schiffe von heute werden von Fachleuten »Gefäße« genannt, wie einmal der Reeder einer großen Reederei vor geladenen Journalisten erklärt hat – »Gefäße« für den Transport von Gütern aller Art. Und die Kapitäne und ihre Mitarbeiter sind nichts weiter als »Transportbegleiter«, denen jede Kursänderung vom Kontor aus vorgeschrieben wird, mit dem sie in ständigem Kontakt stehen – stehen müssen.

Mein Gott! Wenn das Kapitän Johann Bradhering erlebt hätte. Er hätte die Hände über dem Kopf zusammengeschlagen und angesichts der modernen »Gefäße« in höchster Verzweiflung und tiefster Resignation ausgerufen: »Menschenskind. Diese schrecklichen Dinger machen ja den ganzen Atlantik kaputt!«

Aber er hat das gar nicht mehr erlebt.

Grog

Bevor wir nun weiterlesen, sollten wir uns einen kräftigen Grog brauen. Selbstverständlich nach dem Rezept des Stewards Fritz aus Nordfriesland, das er für Kapitän Bradhering entwickelt hatte.

Wer keinen Grog mag oder ihn nicht vertragen kann, nun gut, der sollte sich wenigstens mit der Geschichte des Grogs beschäftigen. Kennen Sie die nicht?

Hier ist sie:

Zunächst einmal ist Rumgrog nach Ansicht aller Fahrensleute kein Genussmittel, sondern eine Lebensnotwendigkeit.

Kapitän Johann Bradhering schreibt dazu in seinem Logbuch: »Rumgrog ist zu allen Jahreszeiten ein überaus nützliches Getränk.«

Diese Behauptung lässt sich natürlich auch erklären.

Rumgrog hilft gegen Erkältung und ähnliche Krankheiten. Er sorgt bei den Fahrensleuten bei großer Kälte für die innere und äußere Wärme und wird bei ungewöhnlicher Hitze als Beelzebub hoch geschätzt, denn mit dem Rumgrog treibt man den Teufel aus.

In ganz normalen Zeiten ist Rumgrog für die Menschen sowieso von unschätzbarem Wert. Dafür braucht es aber keine weiteren Erklärungen. Das ist so – basta!

Dieser Rumgrog nun verdankt seinen Namen der Tatsache, dass ein britischer Admiral namens Vernon stets Uniformen aus sehr grobem Tuch trug und deswegen in der britischen Marine unter dem Spitznamen »Old Grog« (von »grossgrain« - grobes Tuch), allgemein bekannt war. Und dass derselbe Admiral an einem Tag des Jahres 1745 auf einen damals von allen Betroffenen als sehr unglückselig empfundenen Gedanken kam.

Bis dahin nämlich war es in der britischen Marine üblich gewesen, dass die Matrosen nach harter Arbeit - und das war eigentlich so gut wie immer - mit einem Becher Jamaica-Rum pur belohnt wurden.

Admiral Vernon meinte nun aber, dass diese Vergünstigung der Krone, die ja schon zu allen Zeiten unter permanentem Geldmangel litt, es jedenfalls behauptete, auf die Dauer zu teuer werde.

Er fühlte sich der Krone gegenüber verantwortlich und veranlasste in einem Rundschreiben an seine Kriegsschiffe, dass der kostbare Rum künftig mit Wasser verdünnt werden sollte. Damit zog er sich selbstverständlich den Zorn der gesamten britischen Marine zu.

Das »Gesöff« - wie die Mariner es nannten - erhielt auf der Stelle den Namen »Grog«. Den Spitznamen also des Admirals.

Erst später kamen die Seeleute dahinter, dass die Idee des Admirals gar nicht so schlecht war. Als nämlich herausgefunden wurde, dass ein bisschen Zucker in den Rum gehört und ein bisschen heißes Wasser statt des zunächst benutzten kalten und viel zu vielen Wassers, was natürlich nicht schmecken konnte.

Der Schiffbruch

Meistens hört ja eine Geschichte mit einem Schiffbruch auf. Denn mit einem Schiffbruch geht die kleine Welt an Bord eines Schiffes unter, und dann kann man auch nicht mehr viel darüber erzählen.

Diese Geschichte nun beginnt aber mit einem Schiffbruch.

Es ist ein Schiffbruch, den Kapitän Johann Bradhering als junger Matrose erlebte.

Bradhering fuhr damals auf der Bark »Adolf«, die in Lehe an der Aue registriert war. Lehe ist heute ein Stadtteil von Bremerhaven. Der Eigner, der Mathis hieß und in Bremen wohnte, war zugleich der Kapitän des Schiffes. Er war im Übrigen ein tüchtiger und weltbefahrener Mann.

Die »Adolf« kreuzte in der Ostsee und hatte Ladung für Stettin. Unweit von Rügen geriet das Schiff in eine nicht auf der Karte verzeichnete Untiefe und blieb auf einer versteckten Sandbank hängen.

Und da konnten sich die Seeleute noch so abrackern, sie bekamen das Schiff nicht wieder flott, und am Ende drohte es auseinander zu brechen – was auch schon bald darauf geschah.

Die Seeleute sprangen ins Wasser und schwammen Richtung Rügen, wo sie am Ende vollzählig, doch völlig erschöpft in einem am Wasser liegenden gepflegten Garten landeten.

In dem Garten aber herrschte ein fröhliches Treiben, denn der Hausherr beziehungsweise der Gartenherr hatte Geburtstag, und da er nicht nur ein begüterter Mann war, sondern auch kommunikativ, hatte er eine große Gesellschaft um sich versammelt.

Und in diese Gesellschaft platzen nun die Schiffbrüchigen von der Bark »Adolf«.

Die Seeleute, deren Malheur man schon beobachtet hatte, wurden herzlich willkommen geheißen. Sie bekamen zunächst trockene Kleidung, mussten sich danach stärken und wurden schließlich auf Veranlassung des Hausherrn nach Bergen auf Rügen kutschiert, nicht ohne dass sie von der Festgesellschaft mit einem dreifachen »Hipp hipp, hurra!« und dem nötigen Kleingeld versehen, verabschiedet wurden.

In Bergen nahm Kapitän Mathis die weitere Gestaltung ihres Geschicks in die Hand. Die meisten von ihnen wohnten ohnehin in Pommern und hatten es nicht weit nach Hause.

Johann Bradhering pflegte später immer zu sagen: »Manchmal hat so ein Schiffbruch auch seine guten Seiten, man lernt nette Leute kennen.«

Käpten Oldendorp und die Katze

Da wir gerade beim Thema »Schiffbruch« sind, sollten wir die Geschichte von »Käpten Katze« nicht auslassen. Sie gehört hierher.

Genannt wurde er »Käpten Katze«, obwohl er korrekt Kapitän Hinnerk Oldendorp hieß. Doch nur wenige wussten den Grund, wie Oldendorp zu diesem Spitznamen gekommen war.

Ein verhältnismäßig junger Kapitän namens Peter König, der nach eingehender Prüfung seiner charakterlichen Eigenschaften an dem Kapitäns-Stammtisch im »Grauen Esel« hatte Platz nehmen dürfen, fasste sich eines Abends in Gegenwart seiner alten Kollegen Johann Bradhering, Hinnerk Oldendorp, Wilhelm Hollwedel, Martin Deetjen, Carsten Dehls, Heinrich Kastendiek und Klaus Högemann ein Herz und fragte Kapitän Oldendorp: »Sagen Sie, Herr Kapitän, warum werden sie überall an der Küste ›Käpten Katze‹ genannt?«

Oldendorp schmunzelte in sich hinein, was er sicherlich nicht getan hätte, wenn sein Gegenüber irgend so eine Landratte aus der »Bickbeerenschweiz« gewesen wäre. Die »Bickbeerenschweiz« ist jenes Land, das außerhalb des geistigen Einflusses der See liegt. Also, bei so einem hätte Hinnerk Oldendorp gar nicht reagiert. Bei Peter König war das was anderes. Außerdem mochte Oldendorp den jungen Kollegen leiden.

»Ja«, sagte Kapitän Oldendorp. »Diesen Namen trug ich schon, da war ich noch gar kein Kapitän, sondern Matrose.«

Und nachdem er sich einen kräftigen Grog bestellt hatte, legte er los.

»Damals«, sagte er, »war ich Matrose auf dem Rostocker Dreimaster ›Susanna‹. Wir kamen von Hamburg und wollten nach Rostock. Den Kaiser-Wilhelm-Kanal gab es damals noch nicht. Der ist ja erst 1895 eröffnet worden. Wir mussten also durchs Kattegat. Aber so weit sind wir erst gar nicht gekommen.

Schon kurz nach Hamburg merkten wir, dass uns ein steifer Nordwest mit aufgeblasenen Backen entgegenkam. In der Elbe ging es ja noch einigermaßen leidlich zu. Doch nachdem wir die Alte Liebe von Cuxhaven hinter uns hatten, brach das Unwetter vollends über uns herein.

Eine dicke schwarze Wolke legte sich über uns, eine Wolke, wie ich sie nie wieder in meinem Leben gesehen habe, und ich habe viele Wolken gesehen – das kann ich euch versichern.

Von einer Sekunde zur anderen verschwand der Tag. Die Nacht umgab uns, und der Sturm heulte wie verrückt. Die Wellen entwickelten sich zu einem gewaltigen Gebirge. Und wie es das Unglück wollte, unser Kapitän Hinrich Jansen, sonst ein tüchtiger Seemann, kam nicht auf die Idee, zurückzusegeln in die einigermaßen schützende Elbe. Er wollte absolut mit dem Kopf durch die Wetterwand.

Aber die ›Susanna‹, die nicht mehr die Jüngste war, kam aus der Puste, und bei Scharhörn strandete sie.

Was immer wir unternahmen, die ›Susanna‹ rührte sich nicht von der Stelle. Sie konnte nicht mehr.

Vielleicht wollte sie auch nicht mehr. Schiffe haben ja ihren eigenen Kopf.

Armdicke Taue zerrissen wie Zwirnsfäden, Masten knickten wie Zahnstocher. Mit jedem Wellenschlag wurde ein Stück des Schiffes weggerissen.

Kapitän Hinrich Jansen ließ am Ende die Jolle ins Wasser und brüllte in den Sturm hinein: ›Rette sich, wer kann!‹

Mein Freund Jan sprang sofort ins Wasser, um die Jolle zu erreichen. Ich habe ihn nie wieder gesehen. Aber auch Kapitän Hinrich Jansen, den Bootsmann, den Zimmermann, den Smutje, den Moses – keinen von meinen alten Kameraden habe ich je wieder gesehen, denn bevor ich selbst ins Wasser springen konnte, um die Jolle zu erreichen, stürzte ein Mast samt Tauwerk hinunter und zerschmetterte die Jolle.

Ich stand an Bord, schnappte mir ein starkes Tau und band mich an einer losgerissenen Spill fest. Denn irgendwie, dachte ich, sei das Leben zu schön, um schon jetzt Abschied nehmen zu müssen.

Da wurde, ehe ich mich versah, das Spill von Bord gerissen und – ich mit. Und als ich mit der nächsten Welle vom Wrack abgetrieben wurde, sprang mit Zetergeschrei unsere Schiffskatze, die ich oft gekrault hatte, von Bord hinunter und landete auf meinem Kopf, wo sie sich in meinen Haaren und in meiner Haut so festkrallte, dass ich sie nicht loswerden konnte.

›Hau ab!‹, schrie ich, denn in dieser Sekunde war ich mir selbst der Nächste. ›Hau ab!‹ Aber die Katze dachte gar nicht daran.

Daraufhin ließ ich, viel zu schwach, um mich von der Last auf meinem Kopf zu befreien, die Sache auf sich beruhen, obwohl ich es nicht besonders angenehm empfand, mit einer Katze auf dem Schädel in der Elbmündung um mein Leben zu kämpfen.

Ich weiß nicht, wie viele Stunden vergangen waren. Ich weiß auch nicht, wohin ich trieb. Doch gegen Morgen erkannte ich die Kugelbaake in Döse.

Die Wogen trieben das Spill mit mir und der Katze auf meinem Kopf gegen das Gebälk der Baake.

Ich sah Menschen am Ufer. Aber ich hatte nicht die Kraft, um Hilfe zu rufen.

Ehrlich gesagt, ich hatte mich schon aufgegeben.

Doch plötzlich erhob die Katze auf meinem Kopf ein so durchdringend lautes Jammergeschrei, dass die Menschen am Ufer aufmerksam wurden. Sie kamen gelaufen, sahen mich mit der Katze auf dem Kopf. Und alles andere war nur noch eine Frage von Minuten. Die Katze und ich wurden an Land gezogen und ins nächste Haus gebracht.

Nach diesem Abenteuer wurden die Katze und ich unzertrennlich.

Die Katze hat noch auf vielen Schiffen mit mir angeheuert, wurde überall freundlich aufgenommen und ist Schiffskatze geworden. Und wenn ich mit meiner Katze auf ein neues Schiff kam, dann kannte mich die Besatzung schon - vom Kapitän bis zum Moses. Und überall an der Küste wurde ich ›Käpten Katze‹ genannt.

Eines Nachts im Oktober, ich war schon zweiter Steuermann und sie war alt und grau und hatte keine Zähne mehr, da ist sie freiwillig von Bord gegangen.

Es war im Finnischen Meerbusen.«

Kapitän Johann Bradhering högt*
sich über das Seemannsgarn
des Kapitäns Heinrich Kastendiek
und weiß einiges über
den Klabautermann zu erzählen

* högt = freut

Der Krake

Kapitän Heinrich Kastendiek war nun schon lange außer Dienst. Zuletzt hatte er auf der Brücke eines Motorschiffes gestanden, aber in seinen jungen Jahren als Moses und auch als Matrose war er auf Seglern um die Welt bis nach Australien gefahren. Auf einer Familienfeier, an der er sich auf dringenden Wunsch seiner Frau Anna nicht hatte vorbeischummeln können, wurde er von einem entfernten und weit im Binnenland in irgendeinem Büro beschäftigten Neffen nach seinen Erlebnissen auf See gefragt.

Nun war Kapitän Kastendiek ein Mann, der mit der Sprache sehr sparsam umging, und nichts war ihm unangenehmer, als wenn ein Seemann über seinen Beruf sprach. Das tat man einfach nicht!

Ganz schlimm fand er es, wenn ein Seemann in Gegenwart einer Landratte anfing, Seemannsgarn zu spinnen.

Wenn Kastendiek am Stammtisch im »Grauen Esel« mit seinen alten Kollegen zusammensaß – das war etwas ganz anderes. Da wurde das Blaue vom Himmel heruntergesponnen, und auch Kastendiek steckte voller Geschichten, viele von ihnen waren lögenhaft to vertellen.

Aber – doch nicht hier. Und der Neffe bohrte und bohrte.

»Seemann«, sagte er, »das muss doch ein interessanter Beruf sein.«

»Dscho!«, bestätigte Kapitän Kastendiek und hatte das Gefühl, dass er einen Schnaps brauchte. Leider stand die Flasche weit weg von ihm und ganz nah bei seinem Schwager Hans, von dem es hinter vorgehaltener Hand hieß, er brauche mindestens eine Flasche Schnaps pro Tag.

Kastendiek wurde erneut in seinen Überlegungen von dem wissbegierigen Neffen gestört, der, auf das verwandtschaftliche Verhältnis pochend, den Kapitän ohne zu zögern duzte. Er fragte, ob er, Onkel Heinrich, denn schon mal einen Schiffbruch erlebt habe.

Kapitän Kastendiek grummelte: »Dscho!«

Der Neffe setzte sich in Positur, um die von ihm erwartete Geschichte wie ein Schwamm aufzusaugen.

»Und«, fragte er, »wie ist das ausgegangen?«

»Wir sind abgesoffen«, sagte Kapitän Kastendiek.

Und dabei blieb es.

Bedauerlicherweise ließ der Neffe immer noch nicht locker.

»Und wie ist das mit den Seeungeheuern?«, fragte er. »Hast du die auch gesehen?«

Kapitän Kastendiek antwortete einsilbig: »Dscho!«

»Auch große Kraken? Oder gibt es die gar nicht?«, fragte der junge Mann.

»Gibt es«, meinte Kapitän Kastendiek.

»Die sind wohl sehr groß, wie?«

»Dscho!«

»Hast du schon mal einen großen Kraken gesehen?«

Kapitän Kastendiek überlegte einen Augenblick, ob er überhaupt noch antworten sollte. Er blinzelte zur Flasche Schnaps, die immer leerer wurde.

Resignierend wandte er sich dem Neffen zu und erzählte: »Ich habe im Pazifik einen Kraken gesehen, der war so groß wie das Empire State Building.«

»Donnerwetter!«, staunte der Neffe. »Hast du ihn aus der Nähe gesehen?«

Kapitän Kastendiek holte aus und sagte: »Sehr nahe. Das Biest hat mich von Bord geholt.«

»Dich geholt?«

»Dscho. Ich stand nämlich ahnungslos achtern und pinselte die Reling. Die hatte es mal wieder nötig. Doch plötzlich griff der Krake mit einem seiner tausend Arme über die Reling und schnappte mich, um mich zu verputzen. Kraken mögen Menschenfleisch.«

»Um Gottes willen!«, rief der junge Mann »Das muss doch furchtbar für dich gewesen sein. Wie hast du dich denn aus dem Arm befreit?«

Kapitän Kastendiek überlegte einen Augenblick, weil er diese Geschichte selbst noch nicht kannte.

Dann sagte er: »Ganz einfach. Gerade als er anfing, seinen Arm um meinen Körper zu wickeln, habe ich den Arm mit meinem Beil durchgeschlagen.«

Er machte eine Pause, blickte nicht ohne Neid auf seinen Schwager Hans, der sich mal wieder selbst bediente. Dann meinte er: »War gar nicht so einfach, aber ich war jung und hatte Kraft.«

»Mit einem Beil hast du den Arm des Kraken durchgehauen?«, staunte der Neffe. »Hattest du denn ein Beil dabei? Ich dachte, du maltest die Reling. Dazu braucht man doch kein Beil.«

Da sagte Kapitän Kastendiek: »Jeder Seemann hat immer und überall ein Beil dabei.«

»Das habe ich noch nie gehört«, wunderte sich der Neffe. »Wofür braucht denn ein Seemann immerzu ein Beil?«

Kapitän Kastendiek antwortete: »Damit er dumme Fragen von Landratten beantworten kann.«

Es war wohl der Klabautermann

Im »Grauen Esel« trafen sich immer donnerstags, weil das ja der Seemannssonntag ist, alte Kapitäne, die ihren Ruhestand genossen - wenn man überhaupt von Genuss sprechen kann, sobald man keine Schiffsplanken mehr unter den Füßen hat. Ihre Freizeit war im Wesentlichen ausgefüllt mit Erinnerungen an die Seefahrt.

Der harte Kern setzte sich zusammen aus den Kapitänen Johann Bradhering, Hinnerk Oldendorp, Heinrich Kastendiek, Wilhelm Hollwedel, Martin Deetjen, Carsten Dehls, Klaus Högemann und dem jungen Peter König, der nur manchmal dabei war, denn er fuhr ja noch. König stand normalerweise auf der Brücke eines Bananendampfers. Gelegentlich stieß auch Kapitän Hinrich Eytemann zu der Runde. Aber er war schon ein bisschen tüddelig, und nur wenig erinnerte an den alten Fahrensmann, der mehrfach das Kap Hoorn umrundet hatte. Aber die anderen behandelten ihn mit Respekt - immerhin erreichte er ja schon das 96. Lebensjahr!

Am längsten kannten sich Martin Deetjen und Klaus Högemann, die bei der »Hansa« gefahren waren. Högemann war etwas jünger als Deetjen und hatte sich unter Deetjen als Erster Steuermann die nötigen Meriten erworben, um auf einem der dicken Indienfahrer Kapitän zu werden.

An diesem Abend hatte Högemann seinen angeheirateten Neffen mitgebracht, einen dschungen Herrn aus Wuppertal, der ganz wild darauf war, einmal einen Abend in der Runde der Kapitäne zu verbringen. Na ja, und das mochte Onkel Högemann ihm nicht abschlagen.

Und wie es sich so ergab, die alten Kapitäne sprachen über ihre Segelschiffszeit, über Vorsehung und innere Stimmen, und natürlich auch über den Klabautermann, der fast immer mit am Tisch sitzt, wenn alte Seeleute von früher schnacken.

Gerade hatte Hollwedel erzählt, dass ihm gelegentlich auf der Brücke, wenn alles in die Binsen zu gehen schien, wenn die Sterne hinter den Wolken verschwunden waren, wenn der Sturm und haushohe Wellen seinem Schiff schwer zusetzten, eine innere Stimme die nötigen Befehle auf die Zunge gelegt hatte, da sagte Deetjen, nun wolle er auch mal was erzählen, nämlich aus seiner Segelschiffszeit:

»Das war damals, als ich als junger Matrose auf der ›Helene‹ fuhr. Helene hieß die Frau vom Alten, und so benahm sich das Schiff auch. Also, ich hatte schon zwei Reisen an Bord der ›Helene‹ überstanden – der Alte war in Ordnung und der Bootsmann auch. Wir hatten Fracht für Bremen, und am nächsten Morgen sollte das Schiff wieder auslaufen – nach England.«

Kapitän Deetjen machte eine kleine Pause, die er nutzte, um seine Pfeife zu stopfen und anzuzünden. Danach fuhr er fort:

»In der Nacht vor der Ausfahrt hatte ich Wache. Es war ein bisschen diesig, und plötzlich sah ich auf dem Klüverbaum einen kleinen Matrosen sitzen, der mir ein Zeichen gab. Ich plierte, wandte mich kurz nach Backbord und guckte danach wieder zum Klüverbaum. Der kleine Matrose war weg. Ich sagte mir, Mensch, Martin, so viel hast du doch gestern Abend gar nicht getrunken, dass du jetzt schon anfängst Gespenster zu sehen.

Eine Stunde später hatte ich Freiwache. Ich haute mich in meine Koje, schlief natürlich sofort ein und – träumte von diesem kleinen Kerl auf dem Klüverbaum. Und was sagt der zu mir – natürlich immer noch im Traum: ›Martin Deetjen, die ›Helene‹ ist kein Schiff für dich. Muster ab, Junge, sonst gehst du mit ihr ins Verderben.‹ Ich erwachte schweißgebadet und konnte nicht wieder einschlafen. Mir gingen diese Worte nicht mehr aus dem Sinn.«

Kapitän Deetjen machte wieder eine Pause, weil ihm die Pfeife ausgegangen war und weil er eine trockene Kehle hatte, denn normalerweise war er kein Mann der langen Rede.

Danach fuhr er fort:

»Also, der Zwerg auf dem Klüverbaum und mein Traum – was konnte das schon bedeuten?

Nix!

Und deshalb kümmerte ich mich auch gar nicht mehr darum. Ich hatte auch mehr als genug zu tun, denn die ›Helene‹ legte ab, verließ den Hafen und nahm Kurs Nordsee. Ja, aber weit kamen wir nicht, denn von einer Sekunde zur andern legte sich dicker Nebel über den Strom, so dass man die Hand nicht vor Augen sehen konnte. Der Alte wollte den Nebel zuerst nicht wahrhaben, aber schließlich ließ er beidreh'n. Wir also wieder rein in den Hafen, und kaum hatte ich die Wache übernommen, ging die Geschichte mit dem kleinen Kerl schon wieder los.

Er saß auf dem Klüverbaum und gab mir Zeichen. Und als ich in der Freiwache in der Koje lag und pennte, stand der kleine Matrose bei mir und sagte: ›Martin Deetjen, hör auf mich. Die ›Helene‹ ist kein Schiff für dich. Geh von Bord, sonst fährst du mit ihr ins Verderben.‹

Wieder wachte ich schweißgebadet auf.

Am nächsten Morgen ging ich zum Bootsmann und sagte: ›Bootsmann, ich muß von Bord. Jede Nacht quatscht mir einer die Ohren voll und fordert mich auf, von Bord zu gehen, und wenn mich nicht alles täuscht, ist das der Klabautermann, der nachts, wenn ich Wache habe, auf dem Klüverbaum sitzt.‹

Der Bootsmann hörte sich meinen Vortrag an. Dann sagte er zu mir: ›Martin, du hasse wohl nich mehr alle. Dir ist der Nebel auf die Birne geschlagen. Und dagegen gibt's nur eins, nämlich Rum.‹

Und da hatte er auch schon eine Flasche Rum in der Hand, wischte den Flaschenhals ab und sagte: ›Trink!‹

Kleine Pause.

»Dscha«, sagte Kapitän Deetjen, »und denn hab ich natürlich getrunken, einen reellen Schluck, und auf diese Weise bin ich an Bord geblieben.«

Kapitän Deetjen paffte, guckte in die Luft und einer fragte: »Is die Geschichte zu Ende?«

»Zu Ende?«, fragte Kapitän Deetjen. »Das eigentlich nicht. Aber beinah. Denn was meint ihr wohl, was passiert ist?«

Er machte eine etwas längere Pause, guckte einen nach dem anderen an und teilte dann der erwartungsvoll lauschenden Runde mit: »Abgesoffen ist sie, die ›Helene‹! Mit Mann und Maus abgesoffen. Man hat nie wieder etwas von ihr gehört.«

Nach diesem etwas abrupten Ende der Geschichte herrschte am Tisch zunächst tiefes Schweigen, das schließlich durch den Neffen von Kapitän Högemann unterbrochen wurde. Er sagte: »Aber Herr Deetjen, wenn ich Sie richtig verstanden habe und Sie damals an Bord geblieben sind und das Schiff mit Mann und Maus untergegangen ist, dann könnten Sie doch heute gar nicht hier sein.«

Kapitän Deetjen wusste zunächst nicht, ob er an seiner Pfeife ziehen oder ob er einen kräftigen Schluck Bier in sich hineinkippen sollte, ehe er sich zu einer Antwort herabließ.

Also, er nahm zunächst einen anständigen Schluck Bier, zündete seine Pfeife an, die vor Schreck ausgegangen war, paffte und formulierte eine Antwort, die von den anderen mit neugierigem Interesse aufgenommen wurde, den jungen Mann aber und seinen unglücklichen Onkel in allergrößte Zerknirschung stürzten.

»Dschunger Mann«, sagte Kapitän Deetjen und guckte empört. »Erstens bin ich nicht Herr Deetjen, sondern für Sie immer noch Kapitän Deetjen, was nämlich ein gewaltiger Unterschied ist. Und zweitens ...« – und damit wandte er sich an Kapitän Högemann, der für ihn ja immer noch sein Erster Steuermann war, »... zweitens kann ich vorlaute dschunge Herren, die keine Ahnung von der Seefahrt haben, überhaupt nich ab!«

Der Befehl aus dem Nichts

Der Dreimaster »Die drei Schwestern« befand sich innerhalb kurzer Zeit in so schwerer See, dass selbst dem Kapitän Johann Eggebrecht, der schon manche Sturmfahrt hinter sich gebracht hatte, starke Bedenken kamen.

»Verdammt«, sagte er zum Steuermann. »Wie kommen wir hier bloß aus dieser Hölle raus?«

Aber das wusste der Steuermann auch nicht.

Während nun die Brecher über das Schiff knallten und krachten, die letzten Segel eingeholt waren, um sie nicht von Sturm zerfetzen zu lassen, und die Männer an Deck ihr letzten Stündlein gekommen sahen, ertönte über den Sturm hinweg das Kommando, die Segel zu setzen.

Die Männer fragten sich: Ist der »Alte« verrückt geworden?

Und der Bootsmann murmelte in sich hinein: Was soll der Quatsch?

Aber am Ende war es ihnen schon alles ganz egal. Sie gehorchten.

Und das war ihr Glück.

Denn so schnell wie er gekommen war, flaute der Sturm ab, und die Männer trauten ihren Augen nicht.

Sie sahen nicht weit von ihrem Schiff eine Inselkette, die ihnen zum Verhängnis geworden wäre. Denn sie wären auf die Insel zugefahren und vermutlich gestrandet, wenn sie die Segel nicht gesetzt hätten.

Als langsam wieder normale Verhältnisse eingekehrt waren, fragte der Kapitän die Matrosen: »Wer hat euch um Gottes willen den Befehl gegeben, die Segel zu setzen?«

»Ja, Kaptein, waren Sie das denn nicht?«

Der Kapitän guckte verwundert.

»Ich habe kein Wort gesagt, und der Erste stand an meiner Seite, und der hat auch keinen Befehl gegeben. Abgesehen davon, dass es sinnlos gewesen wäre, seine Stimme gegen den Sturm zu erheben. Keiner von euch hätte es gehört.« Und er meinte: »Vielleicht war es der Bootsmann.«

Der Bootsmann, den der Kapitän wegen seiner seemännischen Fähigkeiten sehr schätzte, wurde befragt. Aber der war es auch nicht.

Er gab sogar zu, dass er die Segel nicht gesetzt hätte. »Die Segel hatten wir doch gerade eingeholt. Sie wieder zu setzen, das wäre mir zu riskant gewesen.«

Der Kapitän nickte. Genauso hatte er auch gedacht. Und doch war es genau richtig gewesen, die Segel zu setzen. Er meinte: »Einer an Bord, verdammt noch mal, muss doch aber den schiffs- und lebensrettenden Befehl gegeben haben!«

Doch keiner war es gewesen und schließlich trat die unbeantwortete Frage über die Alltagsprobleme in den Hintergrund.

Nur der Matrose Jan Dieckmanns, ein alter Fahrensmann, der das Kommando laut und deutlich gehört hatte, ahnte des Rätsels Lösung.

»Bei schwerem Wetter«, sagte er, »steht der Klabautermann oben im Mast und gibt Acht, dass das Rechte geschieht.« Und er fügte hinzu: »Ich habe das nicht zum ersten Male erlebt.«

Der Klabautermann auf dem Kompass

Die Reederei hatte verfügt, dass die »Merkur«, ein 3000 BRT großer Dampfer, der Stückgut geladen hatte, am 13. des Monats Boston verlassen sollte.

»Muss das denn wohl sein?«, fragte der Erste, der Cord Seedorf hieß, den Reedereivertreter, der ihm diese Nachricht überbracht hatte.

»Abergläubisch?«, fragte der mit einer kleinen Ironie in der Stimme. Er kannte die Seeleute.

»Man muss das Schicksal nicht herausfordern«, meinte Cord Seedorf.

»Teilen Sie das dem Reeder mit«, schlug der Reedereivertreter vor. Und damit war die Sache für ihn erledigt.

Die »Merkur« verließ am 13. den Hafen von Boston, und zunächst gab es tatsächlich keine Probleme, wenn man einmal vom »Alten« absah.

Denn der »Alte« hatte seine Macken. Aber die Besatzung konnte damit leben, zumal Cord Seedorf, der Erste, ein vernünftiger Mann war, der sich durch nichts aus der Ruhe bringen ließ.

Und als der Steward ihm mitteilte, dass der »Alte« sich in seiner Kammer verschanzt hatte – mit reichlich Whisky versehen, und dass er nicht gestört werden wollte, nahm Cord Seedorf das hin und meinte: »Wir werden den Pott auch ohne den ›Alten‹ nach Hause bringen.«

Mitten auf dem Atlantik aber wurde das Wetter ungemütlich, und als der Kanal nicht mehr weit war, wuchs sich das ungemütliche Wetter zu einem Sturm aus, der selbst Cord Seedorf ein bedenkliches Kopfschütteln entlockte.

Er versuchte, den »Alten« zu mobilisieren, doch der öffnete nicht einmal die Tür zu seiner Kammer. Er antwortete stattdessen mit einem gewaltigen Rülpser.

Cord Seedorf hangelte sich auf die Brücke zurück, wo Wilhelm Hollwedel, der damals noch als Zweiter fuhr, in die Dunkelheit starrte, und der Rudergänger versuchte, den Kurs zu halten.

Plötzlich, das Schiff hatte den Kanal erreicht, kam obendrein dicker Nebel auf.

Die »Merkur« gab Signale mit dem Nebelhorn, und plötzlich hörten die Männer auf der Brücke die Sirene eines offenbar sehr dicken Dampfers.

»Verdammt, aus welcher Ecke kommt das?«, fragte der Erste.

Aber keiner konnte die Richtung ausmachen, denn bei so einem Nebel kommt der Schall, woher er will. Da kannst du deine Ohren noch so sehr spitzen.

Cord Seedorf stellte sich zum Rudergänger, und leichter Schweiß trat auf seine Stirn. Während er auf den Kompass starrte, sah er dort ein Männchen in Matrosenuniform sitzen, vielleicht zehn Zentimeter groß. Das tippte mit dem Zeigefinger seiner rechten Hand auf Südost.

Cord Seedorf schloss die Augen, weil er glaubte zu träumen.

Er öffnete sie wieder, und da saß das Männchen immer noch auf dem Kompass und tippte auf Südost.

Der Klaubautermann, dachte Cord Seedorf im selben Augenblick. Ich könnte schwören, dass das der Klabautermann ist.

Und dann besann er sich nicht lange.

Er stieß den Rudergänger beiseite, stellte sich ans Ruder und - legte es hart Steuerbord, Kurs Südost.

In diesem Augenblick war das Männchen verschwunden.

»Mein Gott!«, rief Wilhelm Hollwedel und dachte, der Erste ist besoffen, und der Rudergänger drehte fast durch. Er wollte etwas sagen. Aber dazu kam er nicht, denn in diesem Augenblick krachte es.

Die »Merkur« war am Heck gerammt worden, wenn auch nicht schlimm.

Das Loch befand sich, wie Wilhelm Hollwedel nach einer ersten und flüchtigen Besichtigung herausfand, über der Wasserlinie.

Doch es hätte nicht viel gefehlt, und die »Merkur« wäre von dem dicken Dampfer mit voller Kraft gerammt worden, und das wäre das Ende der »Merkur« gewesen.

»Entschuldigung!«, sagte Cord Seedorf zum Rudergänger. »Aber es musste sein.«

Sehr viel später, nachdem die »Merkur« wieder den alten Kurs aufgenommen hatte und Wilhelm Hollwedel auf die Brücke zurückgekehrt war, sagte Seedorf zu den beiden anderen: »Ob Sie es glauben oder nicht. Es war der Klabautermann. Der Klabautermann hat uns gerettet.«

Wilhelm Hollwedel guckte den Rudergänger viel sagend an und dachte, ich habe noch nie etwas von einem Klabautermann auf einem Dampfer gehört.

Wenn ich das richtig sehe, war der Klabautermann der Erste selbst.

Aber hart Steuerbord Südost, dazu gehört 'ne ganze Menge Mumm.

Und wenn Wilhelm Hollwedel diese Geschichte später erzählte, sagte er, der inzwischen längst als Kapitän aus Altersgründen die Seefahrt hatte verlassen müssen: »Der Erste war ein guter Seemann. Aber an Land war er ein Unglücksrabe. Einmal, ich glaube es war in Neapel, ist ihm ein Dachziegel auf den Kopf gefallen, und da war er tot.«

Die Nachricht

Kennt ihr Kapitän Wilhelmy? Ja, das war der, der während des Krieges mit einem Vorpostenboot auf eine Mine gefahren ist. Verdammter Krieg!

Also, Kapitän Wilhelmy hatte eine Frau, die hieß Antje mit Vornamen.

Und von Frau Antje wird berichtet, da war sie so Mitte dreißig, dass sie von ihrem Mann, der auf einem Stückgutfrachter fuhr, lange nichts gehört hatte.

Die letzte Post war ihr von der südamerikanischen Westküste zugestellt worden. Danach hatte sie über viele Monate hinweg kein Lebenszeichen von ihm bekommen. Am Ende machte sie sich ernstlich Sorgen, die auch nach einem Anruf bei der Reederei nicht behoben worden waren.

Eines Nachts aber hörte sie in ihrer Kammer ein ungewöhnliches Poltern, das sie allerdings schon mehrfach in ihrem Leben gehört hatte. Denn dieses Poltern bedeutete eine Nachricht vom Klabautermann.

Da wusste sie, auch ohne eine sonstige Nachricht erhalten zu haben, dass das Schiff ihres Mannes Kurs auf den Heimathafen genommen hatte. Denn auf den Klabautermann, das war so sicher wie das Amen in der Kirche, durfte sie sich verlassen. Tatsächlich, wenige Tage später konnte Antje Wilhelmy ihren Mann in die Arme schließen.

Kapitän Bradhering isst am liebsten
Labskaus, aber er ist auch sonst
kein Kostverächter. Die »Peerfööt«
jedoch von Schnatmeyer
kennt er nur vom Hörensagen

Labskaus schmeckt überall anders

Labskaus ist ein Seemannsgericht aus jener Zeit, als hölzerne Segelschiffe mit eisernen Matrosen über die Weltmeere fuhren. Später, als auf eisernen Schiffen hölzerne Matrosen anheuerten, änderte sich der Geschmack. Aber Labskaus ist unsterblich geblieben. Und es gibt auch heute noch kaum einen Seemann, dem bei dem Wort Labskaus nicht das Wasser im Munde zusammenläuft - oder auch nicht.

Um aber auf die Anfänge des Labskaus zu sprechen zu kommen - ja, du liebe Zeit, die Anfänge liegen im Dunkel der Kulturgeschichte des Essens.

Die Kochbuchautorin Henriette Davidis, die im Jahre 1800 in Westfalen als Tochter eines Pfarrers geboren wurde und 76 Jahre alt geworden ist, kannte Labskaus. Ob sie es je gekocht und gegessen hat, wissen wir nicht. Aber sie hat das Rezept aufgeschrieben und in ihrem Kochbuch veröffentlicht.

Dieses auflagenreiche Kochbuch hat die deutsche Küche des 19. Jahrhunderts erheblich beeinflusst. Henriette Davidis nannte Labskaus in ihrem Kochbuch durchaus zutreffend ein Seemannsgericht - und sie kannte das Originalrezept.

Wir gehen nicht so weit zu behaupten, dass sie ihren süddeutschen Leserinnen mit diesem Rezept eine Freude bereitet hat - und ob je ein Schiffskoch ihr Kochbuch in den Händen gehalten und am Ende sogar darin gelesen hat, wagen wir zu bezweifeln. Denn, ob »Originalrezept« oder nicht, Labskaus war und ist nicht immer Labskaus, und genau darum geht es hier.

Also, im 19. Jahrhundert stand Labskaus auf dem Speisezettel der Seeleute. Und in der ersten Hälfte des 19. Jahrhunderts waren eiserne Matrosen sicherlich auch nötig, Männer mit eisernen Muskeln und - eisernen Mägen, um am Labskaus den rechten Genuss zu finden. Denn manchmal lagen die Schiffe wochenlang mitten im windstillen Atlantik, fernab jeder Einkaufsmöglichkeit, und dann war der Smutje froh, wenn er in die Tonne mit dem Pökelfleisch greifen konnte und noch dieses und jenes in der Kombüse fand, was sich nachher auf der Zunge gar nicht mehr identifizieren ließ. Zum Glück für den Koch.

Ein solches Gericht wurde Labskaus genannt, und der Smutje blieb während des Essens vorsichtshalber in seiner Kombüse - bei fest geschlossener Tür.

In einem aber hatte er immer ein gutes Gewissen: Pökelfleisch war drin. Mal mehr, mal weniger. Labskaus ohne Pökelfleisch - da wäre selbst der letzte Moses zum offenen Widerstand angetreten.

Dennoch müssen in jener Zeit haarsträubende Geschichten über Labskaus und seine Zusammensetzung bis weit ins Binnenland gedrungen sein. Anders kann man sich die Abneigung vieler Binnenländer, deren Einflussgebiet - vor allem im Hinblick auf Labskaus - bereits zehn Kilometer von der Küste entfernt beginnt, gar nicht erklären.

Und selbst an der Küste ist es nicht leicht, Leute in Landstellungen für Labskaus zu erwärmen. So pflegte ein wegen seiner umfassenden Bildung hoch geschätzer hanseatischer Kaufmann zu erklären: »Für Labskaus habe ich nicht viel übrig.« Und er sagte auch warum: »Labskaus kommt entweder aus dem Norwegischen. Da bedeutet es ›Stockfisch mit Kartoffeln‹. Und Stockfisch kann ich nicht ab. Oder es kommt aus dem Englischen. Da heißt es ›lob's course‹, und das bedeutet ›Mahlzeit eines Tölpels‹. Und das bin ich nicht!«

Unter diesen Umständen haben es die Küstenbewohner bis heute nicht geschafft, dem binnenländischen Widerwillen, der häufig gepaart ist mit beißendem Spott, eine kampfkräftige Einheitsfront entgegenzustellen.

Wäre es so – wie es tatsächlich auch ist –, dass Labskaus in Kopenhagen, wo einem am Alten Hafen eine Art Labskaussuppe mit nicht zu identifizierendem Geschmack kredenzt wird, ganz anders schmeckt als in Bergen, wo vielleicht auch heute noch Stockfisch als Hauptzutat des Labskaus verwendet wird, in Hamburg anders als in Lübeck, in Rostock anders als in Stralsund, wo in der Schifferkompanie alljährlich ein Labskausgericht aufgetragen wird, und in Bremen ganz anders als in Bremerhaven oder Emden, dann ginge es ja noch.

Tatsächlich schmeckt Labskaus aber überall anders. In jedem Gasthaus, in jedem Privathaushalt. Und natürlich auch auf jedem Schiff, falls Labskaus dort im 21. Jahrhunderts irgendwann noch einmal auf dem Speisezettel steht.

»Labskaus«, sagte Kapitän Carsten Dehls und schüttelte sich. »Labskaus habe ich nur gegessen, wenn es mein alter Smutje Meesters zubereitet hat.

Sonst geh' ich an Labskaus nicht ran. Da probier' ich immer nur von. Und ehe ich dann raus habe, was daran fehlt, ist der Teller leer.«

Im Übrigen kann man den geizigen Koch daran erkennen, dass er unter das Fleisch und die Kartoffeln Rote Bete schummelt, damit die Labskaus-Masse rot wird, schamrot, und nach ordentlich viel Fleisch aussieht. Wenn der faule Koch und der Binnenländer, falls ihnen danach ist, Labskaus zubereiten, nehmen sie statt Pökelfleisch, das man heute beim Schlachter - selbst an der Küste - eigens bestellen muß, Cornedbeef. Das kommt meistens aus der Dose und schmeckt auch danach. Dafür braucht es aber nicht mehr durch den Wolf gedreht zu werden.

Der altmodische Koch, der aus der ersten Hälfte des 19. Jahrhundert stammt und inzwischen längst tot ist, der nahm, wenn kein Fleisch da war, wie wir schon gelesen haben, Stockfisch. Auf den aber pflegen heutige Mägen - bei aller Liebe ihrer Besitzer zu seemännischen Gepflogenheiten - etwas beleidigt zu reagieren.

»Labskaus«, so hat Kapitän Johann Bradhering, der in seinem Leben viele gute und weniger gute Schiffsköche überstanden hat, gesagt, »kannst du zubereiten wie du willst. Es ist immer richtig. Vorausgesetzt, es schmeckt.«

Die »Peerfööt« von Schnatmeyer

Brot schmeckt am besten, wenn es frisch gebacken ist. Da gibt es kein Vertun.

»Oder was meint ihr?«, fragte Kapitän Heinrich Kastendiek seine Kollegen am Stammtisch.

Aber das fanden die anderen auch.

Und Heinrich Kastendiek begann zu erzählen, wobei er von Johann Bradhering unterstützt wurde, denn beide wußten von Schnatmeyer aus Vegesack.

Frisches Brot war für die Seeleute auf den Segelschiffen, die im 19. Jahrhundert monatelang, oft jahrelang auf See waren, ein Luxus, den sie sich selbst für Geld und gute Worte nicht leisten konnten.

Aber es gab in Vegesack besagte Bäckerei von Joh. Schnatmeyer, die ein Brot backte, das sich sehr lange hielt und für längere Seereisen ideal geeignet war.

Es war ein dunkles Roggenbrot, dessen Teig mit so wenig Wasser angesetzt wurde, dass er sich eben noch kneten ließ.

Die ausgeformten Laibe wurden von den Seeleuten »Peerfööt« genannt, weil sie übergroßen Pferdehufen ähnelten. »Hast du die noch gekannt?«, fragte Bradhering seinen Uralt-Kollegen Hinrich Eytemann, und der sagte: »Ja, ja!«, obwohl er den Sinn der Worte nicht recht erfasst hatte. Wenn man im 96. Lebensjahr steht, kann das schon mal passieren.

Also, das Brot wurde gebacken und blieb zum Austrocknen noch einen halben Tag im Ofen liegen.

Außerdem backte Joh. Schnatmeyer so genannte Cakes, die aus Weizenmehl bestanden. Cakes gab es auf den Segelschiffen zum Beispiel donnerstags, weil dann Seemannssonntag war. Aber die Cakes, das muss man sagen, waren nicht ganz so haltbar wie die »Peerfööt«.

Um aber das Brot haltbar auf die Reise zu schicken, musste die steinharte Ware so verpackt werden, dass sie die hohe Luftfeuchtigkeit auf See vertrug und nicht anfing zu schimmeln.

Johann Bradhering erzählt: »Ich habe in einem Artikel gelesen - ich meine es war ein Aufsatz von einem Horst Gnettner, der in einem Jahrbuch der Wittheit zu Bremen erschienen ist -, dass das Brot auch vor dem Befall von Mehlmotten geschützt werden musste, damit deren Larven das Brot nicht von innen her auffraßen.«

»Junge, Junge, solche Sachen liest du?«, fragte Heinrich Kastendiek.

»Zufall!«, antwortete Bradhering.

Um aber auf die Mehlmotten zurückzukommen - die gehören zu einer weltweit verbreiteten Schmetterlingsfamilie. Die Raupen leben im Mehl, das sie mit ihren Gespinsten durchziehen und auf diese Weise unbrauchbar machen.

»Mehlmotten«, sagte Kastendiek, »findet man auch im Backobst und in Hülsenfrüchten, so dass die Mehlmotten, wie man sich denken kann, den Seeleuten das Leben schwer genug machen konnten.«

Schnatmeyer jedenfalls kannte das Problem. Er verpackte sein Brot in sauber gearbeiteten Eichenfässern, die luftdicht verschlossen wurden. Um sie zu desinfizieren, brannte man die Eichenfässer aus, legte sie danach mit Papier aus und füllte sie mit Brot. Es heißt, dass das Brot anschließend sogar mit Rum besprengt wurde.

Das allerdings wollte so manchem Seemann nicht einleuchten. Rum war schließlich zum Trinken da. Andererseits garantierte Joh. Schnatmeyer mit dieser Methode die Haltbarkeit seines Brotes für die Dauer eines ganzen Jahres.

Es gibt aber auch Berichte, dass das Brot von Schnatmeyer sogar noch länger als ein Jahr hielt.

Auf dem Südsee-Walfänger »Freiburg«, so wurde damals erzählt, habe man noch nach zwei Jahren Brot aus Vegesack verzehrt.

Ein alter Seemann erinnerte sich: »Auf unserer Fahrt öffneten wir den letzten Hartbrottank mit Schnatmeyer-Peerfööt. Zwei Jahre waren wir bereits unterwegs, doch der braune Vegesacker Schiffszwieback hatte sich gut gehalten. Vom Zahn der Zeit und von der bösen Mehlmotte unverdorben, schmeckte er uns wie ein lang entbehrtes Konfekt.«

Lange Lehrzeit

Kapitän Wilhelm Hollwedel erzählt von seinem Großvater, der im Jahre 1872 das letzte bremische Walfangschiff befehligte und mit dem Schiff zusammen ausgemustert wurde.

Also, der alte Kommandeur Hollwedel war nach Dschahrenden in der Grönlandfahrt auf einem Walfänger endlich in Vegesack bei seiner Frau Trudchen vor Anker gegangen. Das kam ihm schwer genug an und wurde lediglich halbwegs erträglich durch die Tatsache, dass er es nur ein paar Schritte bis zur Weser hin hatte.

Vor allem aber machte ihm eines zu schaffen: dass nämlich Trudchen, eine sonst patente und gar nicht so üble Person, es in all den Jahren ihrer glücklichen Ehe nicht geschafft hatte, sein Lieblingsgericht so zuzubereiten, wie er es von Bord gewohnt war. Genauer gesagt, wie er es von seinem guten alten Smutje Behrmann gewohnt war, der mit ihm abgemustert hatte und nun irgendwo im Oldenburgischen lebte.

Käpt'n Hollwedel sagte immer: »Trudchen, alles was recht is, Pluckte Finken, die kannst du nich'! Da is Behrmann dir über!«

Pluckte Finken, das muss man wohl erklären, ist eine Hinterlassenschaft der Walfänger. Sie waren eine ebenso nahrhafte wie – infolge ihres häufigen Erscheinens auf dem Speisezettel der Walfänger – verwünschte kulinarische Spezialität. Der in große Würfel gehauene beziehungsweise »gepluckte« Walspeck wurde als »Vinken« bezeichnet. Später verwandelte sich das »V« in ein »F«.

Die gepluckten Finken wurden an Bord in Fässern aufbewahrt, um später an Land Tran daraus zu kochen. Ein Teil der gepluckten Finken allerdings wurde unterwegs an die Schiffskombüse abgeführt.

Natürlich entwickelten sich die Pluckten Finken auch zu einer Spezialität an Land - wobei jedoch weitgehend auf Walspeck verzichtet werden musste. Das tat allerdings der Liebe keinen Abbruch. Es gab ja noch anderes Fleisch - zum Beispiel geräucherten Speck.

Also, Kapitän Hollwedel war mit den Kochkünsten seiner Frau Trudchen betreffend die Pluckten Finken nicht zufrieden. Und so sehr sich Frau Trudchen auch anstrengte, immer donnerstags, weil da doch Seemannssonntag ist, sie schaffte es einfach nicht.

Eines Donnerstags passierte ihr auch noch das Missgeschick, dass sie für die Pluckten Finken ein Stück ranzigen Speck erwischt hatte. Und da konnte sie noch so viel Essig und Pfeffer und dann noch mal Zucker nehmen - der ranzige Geschmack ging nicht raus.

Trudchen gab schließlich den Kampf auf und ließ die Dinge in Gestalt des Hollwedel'schen Wutausbruchs auf sich zu kommen.

Pünktlich um zwölf war Kapitän Hollwedel von seinem Schnack mit Kollegen an der Weser zu Hause, ließ sich in die Puschen helfen und machte es sich am Mittagstisch bequem. Mit lauter Stimme donnerte er, wie er es als Kommandeur in der christlichen Seefahrt mit vorwiegend unchristlichen Seeleuten hatte tun müssen, sein Tischgebet und langte zu.

Kaum aber hatte er den ersten Bissen runter, ängstlich beobachtet von Trudchen, da erhellten sich seine Gesichtszüge. Mit einem Mal strahlte er äußerste Zufriedenheit aus und sagte: »Endlich, Trudchen, endlich hast du gelernt, wie man Pluckte Finken kocht. Genau so haben sie bei Behrmann immer geschmeckt.«

Bananen

Die Sache mit den Bananen liegt schon lange zurück.

Es geschah im Ersten Weltkrieg, als Johann Bradhering als Moses auf der Tjalk »Anni« fuhr, die zwischen deutschen und schwedischen Häfen pendelte.

Einmal, in Stockholm, wurde der immer noch etwas schüchterne Johann Bradhering von ein paar Matrosen überredet, mit ihnen an Land zu gehen.

Eigentlich wollten sie den kleinen Bradhering in die etwas anrüchige Welt der leichten Mädchen einführen. Aber dazu kam es nicht, denn einer der Matrosen entdeckte einen Automaten, aus dem köstliche Bananen grüßten, eine Frucht, die man damals in Deutschland nicht mehr bekam.

Die Matrosen überlegten: »Wie kommen wir auf dem billigstem Wege an die Bananen ran?«

Einer der Matrosen, ein handwerklich sehr begabter Mensch, untersuchte den Automaten. Es gelang ihm mit nur einigen wenigen Handgriffen, den Automaten zu knacken. Auf diese Weise fielen ihm die exotischen Köstlichkeiten wie reife Früchte in den Schoß.

Dummerweise wurden er und seine Kumpane dabei beobachtet, und ehe sie auch nur eine der süßen Früchte genießen konnten, saßen sie bereits in einer Polizeistation.

Die Schweden fackelten nicht lange. Die Matrosen wurden verhaftet und vorübergehend eingesperrt. Nur bei Johann Bradhering hatten die schwedischen

Polizisten Bedenken. Der Junge machte nicht den Eindruck, als habe er eine aktive Rolle bei der Vorbereitung und der Verwirklichung der Automatenknackerei gespielt.

Aber ohne eine Strafe wollten ihn die Polizisten auch nicht an Bord zurückschicken.

Sie überlegten, ob sie ihn mit einer Geldbuße belegen sollten. Aber weil Johann Bradhering, wie es sich herausstellte, ein armes Luder war, verknackten sie ihn dazu, in ihrer Gegenwart und auf dem schnellsten Wege sämtliche Bananen zu essen, die sein Kumpan aus dem Automaten geholt hatte.

Und das waren sehr, sehr viele.

Johann Bradhering hat sie alle verputzt, so dass ihm am Ende ganz schlecht wurde.

Danach durfte er an Bord zurückkehren.

Aber nie wieder in seinem Leben hat er auch nur eine einzige Banane gegessen.

Am Ende seiner Laufbahn, Johann Bradhering war längst Kapitän, erhielt er das Kommando über einen Bananendampfer.

Leckerer Tee

Hein Petersen aus Flensburg war Koch auf der Bark »Nixe«, auf der auch Johann Bradhering als junger Mann für ein paar Reisen angeheuert hatte. Petersen war inzwischen in gesetztem Alter und sehr bequem, was er sicherlich auch schon als junger Mann gewesen war.

Er konnte recht gut kochen - wenn er wollte. Meistens wollte er aber nicht.

Wenn er nachmittags in der Kombüse klar Schiff gemacht hatte, stellte er den Teekessel für den Nachmittagstee mit kaltem Wasser und zwei Handvoll Tee auf das Feuerloch, nahm den Deckel vom Teekessel ab und legte sich beruhigt in die Koje.

Dagegen war ja auch nichts zu sagen. Leider stieg aber der Dampf des kochenden Tees an die Decke der Kombüse, wo sich Kakerlaken der würzigen Wärme des Dampfes erfreuten, was ihnen aber nicht recht bekam. Der heiße Dampf machte sie schläfrig, und es dauerte nicht lange, bis sie von oben in den Teekessel fielen.

Der Tee war braun, die Kakerlaken auch, und der Geschmack des Tees war natürlich wie immer ... vielleicht sogar ein bisschen kräftiger ...

»Kannst du schweigen?«

»Kennt ihr Hermann Klaassen?«, fragte Johann Bradhering die anderen am Stammtisch.

Ja, die meisten hatten schon von ihm gehört.

»Der fuhr doch vor dem Krieg bei der Neptun. Nach dem Krieg wurde er Schlepperkapitän - ein ganz gewiefter!«

»Richtig«, meinte Johann Bradhering. Und er fing an zu erzählen:

Als Kapitän Hermann Klaassen jung war, heuerte er als Matrose in Bremen auf dem Rahschoner »Regina« an. Doch mit dem kam er nur bis in die Nordsee.

Denn dort geriet die »Regina« in einen Sturm. Zwei Masten brachen und das Schiff musste zurück in den Hafen.

Klaassen meldete sich danach bei dem deutschen Kapitän des bei der AG »Weser« zur Reparatur liegenden amerikanischen hölzernen Fünfmastrahschoners »Margarete«. Klaassens Vater, ebenfalls Seemann, kannte den Kapitän. Und nun wollte Klaassen auf der »Margarete« sein Glück versuchen.

Der Kapitän beschnackte mit dem jungen Mann dieses und jenes, fragte nach seinem Vater, und plötzlich blickte er Hermann Klaassen durchdringend an und fragte: »Kannst du schweigen?«

Klaassen warf sich in Positur und sagte: »Wie ein Grab!«

Daraufhin zwinkerte der Kapitän ihm zu und meinte: »Dann hol mir mal am Kiosk gegenüber eine Flasche Schnaps! Aber nicht verraten, für wen die Buddel ist.«

Klaassen holte wortlos den Schnaps und - durfte an Bord bleiben.

Seemannslieder und eine Flasche Schnaps

Martin Deetjen hatte sich für den schwersten Weg, der zum Kapitän führt, entschieden - er begann als Schiffsjunge auf einem Dreimaster.

Damals lernte Martin Deetjen, dass Seemannslieder, in denen immerzu von Rum und Liebe die Rede ist, ganz offenbar von Leuten geschrieben worden waren, die mit der Seefahrt nur sehr locker oder überhaupt nicht verbunden waren.

Martin Deetjen erzählt: »Auf den Segelschiffen gab es meistens eine einzige Flasche Schnaps. Das war eine Art Brennspiritus, den der Kapitän verwaltete. Und der saß da drauf.

Und nur an ganz harten Tagen, wenn Schlechtwetter war und wir pitschnass an Deck standen und auch mal in die Hosen machten, weil es nicht anders ging und weil es sowieso für Sekunden eine gewisse wohlige Wärme verursachte, dann, ja, dann gab's mal einen Schnaps zugeteilt. Schon wegen der inneren Wärme.«

Martin Deetjen fügte hinzu: »Wir hatten ja keine Heizung an Bord - jedenfalls funktionierte die nicht.«

Kapitän Bradhering und seine
Freunde erzählen an
ihrem Stammtisch im
»Grauen Esel« Anekdoten
aus der christlichen Seefahrt

Goethes Faust immer dabei

So ein richtiger Seemann, der nach landläufiger Meinung einen Grog nach dem anderen trinkt und unentwegt Seemannsgarn spinnt, war Kapitän Gerhard Bolte nicht. Obwohl er auf Segelschiffen gefahren war und schließlich beim Norddeutschen Lloyd Bremen Karriere gemacht hatte.

Gerhard Bolte war bei dem großen Brand in Hoboken in New York am 30. Juni 1900 dabei. Damals stand er als Erster Offizier auf der Brücke des Lloyddampfers »Kaiser Wilhelm der Große«, der in Hoboken lag. Bolte, der den an Land weilenden Kapitän vertrat, konnte das große Schiff, Inhaber des Blauen Bandes, durch ein ruhiges Manöver vor den Flammen retten.

Kapitän Bolte wurde am 6. Juni 1962 hoch geehrt und in geistiger Frische 100 Jahre alt. Ein paar Jahre vorher war er auf einer Schaffermahlzeit des Hauses Seefahrt in Bremen von dem damaligen Bundeskanzler Konrad Adenauer angesprochen und gefragt worden: »Wie haben Sie das gemacht, dass Sie so alt geworden sind?«

Bolte antwortete: »Ich habe gar nichts gemacht!«

Dann allerdings fügte er hinzu: »Ich bekam bei der Geburt ein gutes Erbteil mit, und das habe ich vernünftig verwaltet. Vom Alkohol habe ich nie viel gehalten – ein oder zwei Glas Portwein, das war's über den Tag. Und im Bett habe ich nie gelesen. Für Romane hatte ich sowieso keine Zeit. Nur Goethes Faust trug ich immer bei mir. Auch auf der Brücke.

Außerdem bin ich viel spazieren gegangen. Immer von Backbord nach Steuerbord und wieder zurück.«

Es heißt, Bundeskanzler Adenauer, der damals 76 Jahre alt war, soll dem Kapitän aufmerksam zugehört und auch noch nachgefragt haben, was Backbord und was Steuerbord sei. Daraus soll er seine Lehren gezogen haben. Denn der Kanzler trat erst mit 87 Jahren von seinem Amt zurück und wurde schließlich 91 Jahre alt.

Die Lebensleistung von Kapitän Gerhard Bolte hat er allerdings nicht geschafft. Aber das ist verständlich. Wer so spät anfängt, sich mit Backbord und Steuerbord zu beschäftigen, der kann auch nicht 100 Jahre alt werden - jedenfalls meinte das Kapitän Bradhering.

Zu den Sternen

Der Lloyddampfer »Steuben«, ein vor dem Zweiten Weltkrieg bei Passagieren beliebtes Schiff, befand sich in den dreißiger Jahren während einer Mittelmeerkreuzfahrt, die in Bremerhaven begonnen hatte, an der spanischen Küste. Da hatten einige der Passagiere abends an der Bar das Gefühl, dass das Schiff besonders langsam fuhr.

»Muss das denn wohl sein?«, fragte eine etwas aufgetakelte Dame sich und ihren Begleiter.

Aber der Begleiter wusste das auch nicht.

Daraufhin beschloss die Dame, auf der Stelle dem Kapitän die Leviten zu lesen. Sie begab sich festen Schrittes auf die Brücke und redete den Kapitän ohne weitere Umstände an: »Sagen Sie mal, Herr Kapitän, warum fährt das Schiff denn so langsam? Ist irgendetwas nicht in Ordnung?«

»In Ordnung schon«, meinte der Kapitän, dem das überraschende Auftauchen der Dame erheblich gegen den Strich ging.

Er ließ sich allerdings nichts anmerken und guckte ungerührt weiter durch seinen Kieker.

Die schlichte Auskunft des Kapitäns schien der Dame nicht zu genügen. Sie hielt hartnäckig ihre Position und wartete auf eine etwas ausführlichere Antwort, was dem Kapitän natürlich nicht entging.

Er holte tief Luft und sagte: »Wissen Sie, gnädige Frau, leider können wir nicht richtig gucken. Es ist ein bisschen neblig.«

»Neblig?«, fragte die Dame spitz. »Kann ich nicht finden. Gucken Sie doch mal in den Himmel. Da können Sie die Sterne sehen.«

»Da haben Sie recht«, meinte der Kapitän seelenruhig. »Aber zu den Sternen fahren wir erst, wenn der Kessel explodiert.«

Gott sei Dank!

Ein katholischer Geistlicher aus dem Raum Münster hatte auf einem kleinen Frachter eine Passage von Bremerhaven nach England gebucht, wo er an einem wichtigen Kongress teilnehmen wollte.

Der Reeder, der nur selten an Bord war, hatte ihm sogar seine Kabine zur Verfügung gestellt. Und der Geistliche fühlte sich an Bord auch recht wohl, wenn nur die fluchenden Seeleute nicht gewesen wären.

Wann immer er die Seeleute bei der Arbeit traf – und das war ja nun ständig –, fluchten sie wie die Rohrspatzen.

Beim Mittagessen in der Offiziersmesse, wo man dem Geistlichen den Platz neben dem Kapitän zugewiesen hatte, wandte sich der Pfarrer an den Kapitän mit der Frage: »Ist das eigentlich üblich, dass Seeleute immerzu fluchen müssen?«

»Tun sie das denn?«, fragte der Kapitän scheinheilig.

»Ja, hören Sie das denn gar nicht?«, fragte der Geistliche.

Der Kapitän antwortete mit einem schlichten: »Nö!«

»Ich bin entsetzt«, meinte der Gottesmann und gab dem Kapitän den wohlgemeinten Rat, sich die Flucherei einmal anzuhören, um seinen Leuten danach zu sagen, dass man auch ohne zu fluchen arbeiten und sich unterhalten kann.

»Ich werd' das mal mit dem Bootsmann beschnacken«, sagte der Kapitän und zwinkerte dem Ersten zu, der sein Grienen kaum unterdrücken konnte.

Hinter Rotersand wurde die See etwas kabbelig, und als Helgoland im Dunst verschwunden war, kam ein Sturm auf, der dem kleinen Frachter schwer zusetzte.

Dem Geistlichen war die Sache nicht geheuer, zumal er von einer Sekunde zur anderen von der Seekrankheit überwältigt wurde - nicht schlimm, aber sie machte ihm zu schaffen.

Er kletterte auf die Brücke und erkundigte sich beim Kapitän: »Wie sieht es aus, Herr Kapitän? Müssen wir mit dem Schlimmsten rechnen?«

Der Kapitän setzte eine sorglose Miene auf und sagte: »Solange die Seeleute noch fluchen, ist alles in Ordnung! Sie können sich ruhig in die Koje legen. Lang liegen ist das Beste bei Seekrankheit.«

Der Geistliche nahm den Ratschlag an und verschwand unter Deck.

Die See aber wurde immer schwerer, so dass selbst dem Kapitän leichte Bedenken kamen. Aber er kannte sein Schiff und hatte Vertrauen zu seinen Leuten.

Und während die Brecher über das Vorschiff gingen, tauchte der Geistliche auf, kletterte klitschnass auf die Brücke und klagte: »Herr Kapitän, das nimmt ja gar kein Ende. Ich hoffe, der liebe Gott wird ein Einsehen haben und uns vor dem Schlimmsten verschonen.« Und nach einer Weile fragte er vorsichtig: »Sagen Sie, fluchen die Seeleute immer noch?«

»Mehr denn je«, antwortete der Kapitän, ohne sich bei seiner Arbeit weiter stören zu lassen.

Woraufhin der Geistliche mit einem Seufzer der Erleichterung sagte: »Gott sei Dank!«

Der Bart

Der Erste Steuermann von der »Dessau« gehörte zu jenen Männern, die sich niemals - selbst nicht in der rauen und nicht unbedingt immer feinen Männergesellschaft eines Frachtschiffes - gehen ließen und die stets auf ein ordentliches Äußeres bedacht waren.

Dazu gehörten zum Beispiel korrekt gebügelte Uniformhosen, wie man es von einem Ersten Schiffsoffizier, der ja zugleich der Vertreter des Kapitäns war, auch nicht anders erwarten konnte, und ein sauber rasiertes Gesicht.

Einmal aber, auf einer monatelangen und meist stürmischen Reise nach Mittel- und Südamerika, ging dem Ersten Steuermann die morgendliche Rasiererei derart gegen den Strich, dass er beschloss, sich einen Vollbart stehen zu lassen.

Der Vollbart wuchs. Der Erste Steuermann, der sich zunächst gar nicht wieder erkannte, gewöhnte sich an sein äußeres Erscheinungsbild. Auch die Besatzung, die den Bart als willkommene Gesprächsbereicherung empfunden hatte, nahm ihn schließlich gar nicht mehr wahr. Dem Kapitän war sowieso alles egal.

Eines Tages Mitte der dreißiger Jahre, nach fast eineinhalb Jahren der Abwesenheit, kehrte die »Dessau« nach Bremen zurück. Sie wurde sehnlichst erwartet auch von der Frau des Ersten Offiziers, die eigens aus Bremerhaven, wo die Familie wohnte, nach Bremen gefahren war, um ihren Mann zu begrüßen.

Das Schiff machte im Überseehafen fest. Die Besatzung, die Freiwache hatte, bereitete sich auf den Landgang vor. Auch der Erste Steuermann.

Als er an Deck kam, musste der Bootsmann zweimal gucken, um den Ersten erkennen zu können.

Der Bart war ab!

Daraufhin meinte der Bootsmann grienend: »Na, Stüermann, is de Olsch in Sicht?«

Für den Königssee nicht geeignet

Es war nach dem Zweiten Weltkrieg. Deutschland hatte keine Handelsflotte mehr, und die Seeleute mussten sich andere Berufe suchen.

Das galt natürlich und insbesondere auch für Kapitäne.

Ich weiß nicht mehr genau, wer das war. Es war jedenfalls ein Kapitän, der schon vor dem Krieg große Pötte nach Australien geführt hatte.

Dem war nach langem Suchen ein Posten als Kapitän auf einem der Ausflugsschiffe der Staatlichen Schifffahrt auf dem bayerischen Königssee angeboten worden. Also im Berchtesgadener Land.

Na ja, aber der Königssee ist ja kein Meer. Acht Kilometer lang, 1800 Meter breit, 240 Meter tief. Aber immerhin 600 Meter hoch.

Die Höhe war für den Kapitän neu.

Er fuhr also wohlgemut nach Berchtesgaden, denn der Gedanke, dass er abgelehnt werden könnte, kam ihm gar nicht.

Er freute sich über die Chance, endlich wieder Schiffsplanken unter den Füßen zu haben, auch wenn es sich nur um einen Ausflugsdampfer handelte.

Als er das Reedereikontor betrat, kam ihm sogar schon ein »Grüß Gott« über die Lippen, wenn auch etwas norddeutsch angehaucht.

Die Bayern waren sehr nett, freuten sich, einen richtigen Kapitän auf großer Fahrt erleben zu dürfen.

Sie meinten, wer ein Schiff nach Australien und nach Fernost führen könne, der werde sicherlich in der Lage sein, ein kleines Ausflugsschiff über den Königssee zu steuern, zumal das Schiff nachts fest vertäut am Ufer liege.

Sie guckten sich - nicht ohne Ehrfurcht - das Seefahrtsbuch des Kapitäns an. Alles schien in bester Ordnung zu sein, zumal man sich während des Gesprächs auch menschlich nahe gekommen war.

Plötzlich aber fragte einer der Berchtesgadener: »Sagen Sie, Herr Kapitän, können Sie Trompete blasen?«

Der Kapitän war verdutzt.

»Trompete?«, fragte er, als müsse er sich vergewissern, ob er richtig gehört hatte.

»Ja, ja, Trompete!«, wiederholte der andere.

»Nee, wissen Sie«, meinte der Kapitän, »wenn Sie wollen, kann ich mit der Bootsmannspfeife pfeifen. Aber Trompete blasen - das kann ich nicht.«

Daraufhin machten die Bayern betretene Gesichter.

»Dann«, sagte schließlich einer von ihnen, »können wir Sie leider nicht einstellen. Denn eine der wichtigsten Aufgaben unserer Bootsführer ist es, an der Echowand, am westlichen Ufer, eine ländliche Weise zu blasen. Denn die Echowand gibt einen siebenfachen Widerhall.«

So blieb dem Kapitän die bittere Erkenntnis nicht erspart, dass er mit all seinen Patenten für die große Fahrt für den Königssee nicht geeignet war.

Aus Trotz Kapitän

Die »Bremen«, Flaggschiff des Norddeutschen Lloyd nach dem Zweiten Weltkrieg und, wenn man so will, auch das Flaggschiff der damaligen Bundesrepublik Deutschland, lag fest an der Columbuskaje vertäut. Kapitän Günther Rössing hatte Zeit, ein bisschen zu schnacken. Man sprach zunächst über den Verlauf der Reise, und, wie das so im Laufe eines Gespräches kommt, Kapitän Rössing erzählte, wie er Seemann geworden war.

»Nee, nee«, sagte er. »Nicht aus Begeisterung für die See und für den Seemannsberuf.«

Und er erzählte:

»Wissen Sie, das war damals in Dresden. Ich war Obersekundaner auf einem Gymnasium und jedenfalls kein guter, weil ich keine Lust zur Schule hatte.

Mein Vater war verzweifelt, denn ich sollte - genau wie er - ein erfolgreicher Ingenieur werden. Und das ging nur, wenn man die Schule erfolgreich abgeschlossen hatte.

Aber ich dachte gar nicht daran, ein Ingenieur zu werden. Und trotzig, wie ich war, ließ ich mich einfach nicht in die Unterprima versetzen. Ich blieb sitzen, ging - um den Trotz auf die Spitze zu treiben - von der Schule ab und beschloss von einer Sekunde zur anderen, zur See zu fahren.

Mein Vater fiel von einem Schrecken in den anderen. Es kam zu endlosen Gesprächen zwischen meinem Vater und mir - und der machte sonst nicht viele Worte.

Schließlich gab Vater nach. Was hätte er auch tun sollen?

Ich packte meinen Koffer und fuhr nach Bremen. Meine Bewerbung beim Norddeutschen Lloyd wurde angenommen, so kam ich auf die ›Columbus‹. Ich fuhr auf der ›München‹, auf der ›Potsdam‹, machte zwischendurch meine Patente und wurde 1939 – während des Krieges – Kapitän auf der ›Iller‹. Nach dem Krieg leitete ich einen Stauereibetrieb in Bremerhaven, ging anschließend zurück zum Norddeutschen Lloyd und brachte es im Jahre 1963 zum Kapitän auf dem Flaggschiff ›Bremen‹.«

Was lernen wir daraus? Trotz muss nicht immer gut sein. Aber er kann!

Versprechen gehalten

Heinz Vollmers, Kapitän auf dem Flaggschiff »Bremen« vom Norddeutschen Lloyd, wohnte in der »Bürger« in Bremerhaven. Aber er stammte aus Lehe, wo sein Vater als Kaufmann tätig war. Und das sollte der Junge natürlich auch werden. Doch für einen Jungen von der Unterweser war es selbstverständlich, einmal ein Seemann zu werden.

Das lag ihm denn wohl auch im Blut, denn die Vollmers waren ein altes Seefahrergeschlecht von der Unterelbe. Und wenn Elbe und Weser im Blut eines Menschen zusammenfließen, muss am Ende ein Seemann herauskommen - möglichst ein Kapitän.

Die alten Vollmers aus Lehe waren allerdings gar nicht begeistert von dem Berufswunsch ihres Sohnes. Erst als sie nach endlosen Debatten merkten, dass bei ihrem Heinz Hopfen und Malz verloren waren, gaben sie nach.

Aber sie baten ihn inständig, sich wenigstens nicht seinen Großvater mütterlicherseits zum Vorbild zu nehmen. Dieser Großvater nämlich hatte es zwar in seinem Leben zum Kapitän gebracht, ein Ziel, das zu erreichen ja wohl für seinen Enkel - meinte der Vater - eine Ehrensache sei. Leider aber war der Großvater im Jahre 1885 - siebzehn Jahre vor der Geburt seines Enkels Heinz - zusammen mit seiner gesamten Besatzung in Rio am gelben Fieber gestorben.

Heinz Vollmers versprach seinen Eltern, das gelbe Fieber stets wie die Pest zu meiden. Er packte seinen Seesack und kletterte über die Gangway an

Bord des Segelschulschiffes »Prinz Eitel Friedrich«, wo er als Kadett seine Seemannslaufbahn begann.

Und - ob Sie es nun glauben oder nicht - Heinz Vollmers hat sein Versprechen gehalten.

Er wurde wie sein Großvater Kapitän - zuerst 1942 auf dem im Kriegseinsatz befindlichen Lloyd-Frachtschiff »Eider«. Nach dem Krieg brachte er es zum Kommandanten des Flaggschiffs »Bremen«. Aber dem gelben Fieber ist er stets mit Erfolg aus dem Wege gegangen.

Berufswahl

Er war noch einer der alten knorrigen Kapitäne. Er war mit Salpeterschiffen von Laeisz um das Kap Hoorn gesegelt und war auf allen sieben Weltmeeren zu Hause.

Ältere werden sich erinnern - an Gottfried Clausen vom Lloyd. Von ihm hieß es, er regiere seine Leute mit den Augen. Er führte ein straffes Regiment - aber ein gerechtes.

Einmal, auf der »Ravenstein«, es war im Hafen von Port Said - Clausen wusste auch später immer noch nicht, wie ihm das passiert sein konnte - war er plötzlich durch das Sonnensegel aufs Deck geknallt, und alle dachten, nun sei es vorbei mit Gottfried Clausen.

Aber er lebte noch und wurde ins Krankenhaus gebracht. Doch viel, so schien es, war nicht mehr übrig von dem knorrigen und manchmal auch knurrigen Kapitän.

Und was sag ich euch?

In Hongkong stand Kapitän Gottfried Clausen, über und über bandagiert, an der Pier, als die »Ravenstein« einlief.

Der Erste sah ihn zuerst und wollte seinen Augen nicht trauen, und auch die anderen Besatzungsmitglieder rieben sich die Augen. Einer sagte: »Mensch, der Alte!«

Gottfried Clausen hatte die erste Möglichkeit genutzt und war mit einem Flugzeug nach Hongkong geflogen - er musste seiner Mannschaft schließlich zeigen, dass der alte Clausen nicht kaputt zu kriegen war.

Als Clausen einmal von einem Journalisten gefragt wurde, warum er zur See gegangen und auch zeitlebens ein Seemann geblieben sei, guckte Clausen den Fragesteller zuerst ein bisschen verdattert an. Eine solch dumme Frage hatte er sich nicht vorstellen können.

Dann fing er an zu überlegen und sagte: »Warum ich zur See gegangen bin? Und warum ich auf See geblieben bin? Ja, wissen Sie, weil man auf einem Schiff nachts aufstehen, sich an die Reling stellen und so schön aufs Meer gucken kann. Darum!«

»Unanständiger« Beruf

Als Detlef Bütow aus Annaberg-Buchholz im Erzgebirge nach dem Abitur Mitte der sechziger Jahre des 20. Jahrhunderts den Wunsch äußerte, Seemann zu werden, brach für seinen Vater, der ein Lehrer war, die Welt zusammen.

Vater und Sohn kamen schließlich miteinander ins Gespräch, und der Vater fragte: »Warum willst du denn ausgerechnet Seemann werden?«

Ganz einfach, Detlef Bütow hatte sich immer schon für Geographie interessiert, das musste der Vater zugeben. Und wenn man sich für Geographie interessiert, muss man sich doch die Welt angucken, oder? Das aber ging in der damaligen DDR am einfachsten, wenn man ein Seemann war. Außerdem lockte das Abenteuer.

Der Vater hörte sich alles geduldig an, wie man das als Lehrer gelernt hat. Dann aber meinte er zu seinem Sohn: »Junge, lern du erst einmal einen anständigen Beruf. Danach kannst du immer noch zur See fahren.«

Damit schien für ihn die Sache erledigt zu sein. Doch er hatte nicht mit dem Dickkopf seines Sohnes gerechnet.

Der nämlich erkundigte sich, wo immer man sich erkundigen konnte. Danach war er in der Lage, seinem Vater die erfreuliche Mitteilung zu machen, dass der Seemannsberuf in der DDR ein Lehrberuf sei mit einer richtigen Lehrzeit. Ein angehender Seemann fing nicht als Moses an, wie in alten Zeiten, sondern als Lehrling mit dem Besuch einer Berufsschule auf See.

Bütow: »Nachdem mein Vater das gehört hatte, fing auch er an, sich für den Seemannsberuf zu interessieren. Und so habe ich denn tatsächlich einen anständigen Beruf gelernt.«

Später ist Detlef Bütow Kapitän bei der Deutschen Seereederei geworden. Sein letztes Schiff war M.S. »Schwerin«, ein Semi-Container. Danach, im Jahre 1986, folgte er einem Ruf der »Sächsischen Binnenhäfen Oberelbe« in Dresden, die einen Geschäftsführer suchten.

Zunächst fiel es ihm schwer, immerzu an Land zu sein. Aber die Nähe zur Heimat wog alles wieder auf, und er tröstete sich damit, dass Häfen - selbst Binnenhäfen - im Grunde genommen auch Schiffe seien, freilich Schiffe, die egalweg vor Anker liegen.

Deutsch-deutsche Zusammenarbeit in Veracruz

Das war in den siebziger Jahren des 20. Jahrhunderts. M.S. »Leipzig« aus Rostock kam von Kuba und machte Station in Veracruz.

Man muss sich das vorstellen – Veracruz. Traumziel vieler Seeleute, und auch die Besatzungsmitglieder von der »Leipzig« freuten sich auf den Landgang.

Aber sie hatten nicht mit der politischen Lage gerechnet. Just zu der Zeit schottete sich der Westen mal wieder vom Osten ab oder umgekehrt, und die Mannschaft der »Leipzig« durfte nicht an Land gehen.

Veracruz – so nah und doch so fern, ja, unerreichbar. Nur das Führungspersonal des Schiffes, Kapitän, Erster und Chief, durfte an Land.

Die Matrosen maulten. Was hatten sie mit der hohen Politik zu tun?

Der Kapitän, ein verhältnismäßig junger Mann, hatte volles Verständnis für seine Mannschaft. Er meinte schließlich zu einem der Matrosen: »Ich wüsste schon, wie ich an Land käme!«

Das war einfacher gesagt als getan, denn schwer bewaffnete Mexikaner belagerten das Schiff, um keinen unbefugten »Kommunisten« an Land gehen zu lassen. Detlef Bütow, der damals Matrose auf der »Leipzig« war, erzählt: »Die standen mit ihren Gewehren im Anschlag. Und wer die Mexikaner kennt, der weiß: Die hätten geschossen.«

Aber die Mannschaft hatte das Wort ihres Kapitäns im Kopf: »Ich wüsste schon, wie ich an Land käme.«

Und schließlich wusste die Besatzung das auch.

Einer der Matrosen, ein älterer und besonnener Mann, der schon vor dem Krieg bei der deutschen Handelsmarine gearbeitet hatte, nahm Kontakt zu einem Hamburger Schiff auf, das nicht weit von der »Leipzig« an der Pier lag.

Fortan kam es bei Anbruch der Dunkelheit zu einem regelmäßigen Pendelverkehr sozusagen »über See« zwischen dem deutschen Schiff aus Rostock und dem deutschen Schiff aus Hamburg. Denn der Hamburger war ja kein unerwünschter Ausländer.

Die Rostocker ließen eines ihrer Rettungsboote zu Wasser, nahmen Kurs auf den Hamburger, gingen dort an Bord und auf der Landseite wieder von Bord und machten sich vergnügliche Stunden in Veracruz.

Danach gingen sie an Bord ihres Schiffes zurück und grüßten die mexikanischen Wachen freundlich, während diese mit grimmigen Mienen an der Gangway der »Leipzig« aufpassten wie die Schießhunde.

Natürlich musste so etwas auffallen. Und auch die Mexikaner wurden stutzig. Da ging doch irgendetwas auf dem Kommunistendampfer nicht mit rechten Dingen zu. Sie wussten bloß nicht, was.

Doch eines Tages machten sie an Bord der »Leipzig« eine Razzia mit »Gesichtskontrolle«.

Der Wachhabende der »Leipzig« musste die Personalliste herausrücken. An Hand dieser Liste prüften die Mexikaner, ob alle Leute an Bord waren.

Das Wunder geschah: Alle Besatzungsmitglieder, die nicht von Bord gehen durften, waren tatsächlich an Bord.

Detlef Bütow: »Ich habe mich dreimal unter einem anderen Namen gemeldet. Einmal als Matrose, einmal als ölverschmierter Lehrling aus der Maschine und einmal als blitzsauberer und mit weißer Jacke bekleideter Steward.«

Wie ein Kofferradio die Hölle eines Wirbelsturmes überstand

Für den Abend war eine Grillparty auf M.S. »Altenburg« aus Rostock geplant, und alle waren gut gelaunt.

Das Schiff befand sich auf dem Wege von Mexiko nach Santiago de Cuba.

Detlef Bütow, der damals - im Jahre 1980 - als Zweiter fuhr, hatte seine Frau Birgit mit an Bord. Die beiden freuten sich auf den Abend, obwohl Bütow ein etwas unangenehmes Gefühl hatte.

Von der Brücke hatte er die Nachricht mitgebracht, dass die Schiffe in der Karibik vor einem schweren Wirbelsturm gewarnt worden waren. Doch er konnte seine Frau beruhigen: »Der Sturm nimmt einen ganz anderen Kurs! Wir werden von ihm nichts merken - nach Lage der Dinge.«

Dennoch wurde das Wetter auf der Brücke sehr wachsam beobachtet - was auch richtig war. Denn plötzlich änderte der Wirbelsturm seinen Kurs, kam mit Riesenschritten auf die »Altenburg« zu und holte sie schließlich ein.

An ein Ausweichen war nicht zu denken. Allenfalls hätte man Richtung Küste und über Land entkommen können. Aber die »Altenburg« hatte keine Räder.

Von einer Sekunde zur anderen befand sich die »Altenburg« in einem der schlimmsten Wirbelstürme, der je im Atlantik gemessen wurde - es war der zweitschlimmste in der Karibik.

Der Sturm hatte Windstärke 12. Aber was hieß das schon! Windstärke 12 sind normalerweise 64 Knoten. Diesmal fuhr der Wind mit 130 Knoten über das Meer.

Wasser und Luft waren eins. Das Meer tobte.

Die Männer auf der Brücke mussten sich anschnallen. Keiner konnte an Deck. Er wäre über Bord gegangen.

Die Toplaternen wurden zerschlagen. Die Radarantenne drehte sich nicht mehr. Das Barometer spielte verrückt. Es war nicht ausgelegt für ein solches Tiefdruckgebiet. Wäre ein Seenotfall eingetreten, das Schiff wäre mit Mann und Maus untergegangen. Denn wie hätte man die Rettungsboote seeklar machen sollen?

Der Kapitän, ein besonnener Mann, dessen eiserne Ruhe auf alle Besatzungsmitglieder ansteckend wirkte, sagte: »Wir dürfen alles. Unser Schiff ist stabil genug. Aber wir dürfen uns nicht von den Wellen zerschlagen lassen. Wir schwanken lieber.«

Die Folge war, dass sich das Schiff unentwegt von 39 Grad Steuerbord nach 49 Grad Backbord legte. Hin und her – immer im 90-Grad-Winkel.

Birgit Bütow aber hatte sich in der Kammer zwischen Schrank und Wand eingeklemmt. Dort war sie am sichersten. Und als unbedingt zu rettende Kostbarkeit umklammerte sie ein Kofferradio, das sie sich in Mexiko gekauft hatte. Um das Kofferradio zu retten, durfte sie nicht seekrank werden. Und seekrank wurde sie auch nicht.

Der Koch in der Kombüse hatte inzwischen für die Brücke Schnittchen bereitet, die er mit dem Lift auf die Brücke beförderte. Im Lift machten sich die Schnittchen aber selbstständig und klebten anschließend an der Decke.

Der Kapitän hielt mit seinen Offizieren auf der Brücke immer mal wieder »Kriegsrat«, und nach etwa zwanzig Stunden meinte er trocken: »Langsam könnte es mal ein bisschen ruhiger werden.«

Und als hätte der Sturm das gehört – ließ er nach und verzog sich. Die See wurde ruhiger. Das Schiff nahm Kurs Santiago de Cuba.

Die Kubaner aber staunten, als das Schiff im Hafen festmachte: »Wo kommt ihr denn her?«

Von der Ladung war allerdings nicht mehr viel übrig. Die Autos, obwohl richtig festgelascht, waren nicht mehr zu gebrauchen. Totalschaden. Das Kofferradio von Birgit Bütow hatte aber alles heil überstanden.

Souvenir

War das nun auf M.S. »Köthen«? Kann sein. Kann aber auch nicht sein.

Es war jedenfalls ein Schiff der Deutschen Seereederei aus Rostock, und als junger Offizier durfte Detlef Bütow seine Frau mit auf die Reise nehmen. Das war 1974.

Birgit Bütow freute sich wie verrückt. Denn die Reise sollte sie unter anderem nach Singapur führen.

Meine Güte, Singapur!

Davon konnten andere Leute in der DDR nicht einmal träumen.

Der erste Landgang in Singapur war für Birgit Bütow wie eine Reise ins Paradies.

Und was man alles kaufen konnte! Die Augen gingen ihr über.

Nun gut, Bütows waren jung, und junge Leute haben im Allgemeinen wenig Geld.

Aber ohne Souvenir wollte Birgit Bütow nicht nach Hause zurückkehren.

Zu Hause hat sie es dann in Gegenwart der ganzen Verwandtschaft ausgepackt und auch hinterher allen Leuten gezeigt:

Es war ein großer aufblasbarer Hase mit einer Möhre im Maul.

Der Gast

Kennt ihr Kapitän Meyerdierks?

Nein? Na, macht nichts. Die von ihm erzählte Geschichte ist trotzdem ganz hübsch.

Kapitän Meyerdierks erzählt also:

»Wir schipperten die mittelamerikanische Westküste längs und hatten Ladung unter anderem für irgendeinen gottverlassenen Hafen. Nageln Sie mich nicht fest, ich weiß auch nicht mehr genau, wie der Hafen hieß.

Und während die Ladung gelöscht wurde, übergab ich dem Ersten das Kommando und ging an Land. Ich spazierte durch die Straßen, und plötzlich überfiel mich ein schrecklicher Durst – mein Gott, so einen Durst hatte ich seit Dschahrenden nicht mehr gehabt.

Schon sah ich eine Kneipe. Die Tür war gastfreundlich geöffnet. Ich trat ein, setzte mich und wartete auf Bedienung. Ein hübsches, junges Mädchen, das bis dahin an einem Nebentisch gesessen hatte, erhob sich, kam zu mir und schnatterte los.

Mann, dachte ich, kannst kein Wort verstehen.

Ich sagte: ›Vino‹.

Sie lächelte, guckte die anderen im Lokal an, ging in einen Nebenraum, kam mit einer Flasche Rotwein zurück und schenkte ein.

Ich dachte: Mensch, eine ganze Flasche. Das schaff ich nie.

Ich gab dem jungen Mädchen zu verstehen, dass ich die anderen Gäste zu einem Glas Wein einladen möchte.

Du liebe Zeit, bis die das begriffen hatte! Aber dann lachte sie, stellte Gläser hin und schenkte für die anderen Gäste ein.

Komische Gäste, dachte ich. Ein Opa war dabei, eine Oma auch, Frau und Mann in mittleren Jahren und dann die Bedienung.

Wir tranken einander zu, und irgendwann saß ich bei den anderen mit am Tisch. Mit Händen und Füßen wurde geschnackt. Und dann fiel bei mir der Groschen.

Ich saß gar nicht in einer Kneipe. Ich saß in der guten Stube von wildfremden Menschen. Oma, Opa, Vadder, Mudder und Tochter.«

Albatros

Der Albatros steht in Australien unter Naturschutz. Aber das weiß der Albatros nicht, und Paul Hübner, Besatzungsmitglied auf der »Reifenstein«, hatte zwar davon gehört, aber es interessierte ihn nicht besonders. Schließlich wollte er ja keine Jagd auf Albatrosse machen. Insofern waren Komplikationen also nicht zu erwarten.

Die »Reifenstein« lag im Hafen von Melbourne im Süden Australiens. Es wurde Stückgut gelöscht, und Paul Hübner, der Freiwache hatte, stand am Achterdeck und angelte.

Er hatte sich vorgenommen, den Smutje, den er gut leiden mochte, mit einem anständigen Fisch zu erfreuen.

Tatsächlich, schon nach kurzer Zeit biss ein dicker Fisch an.

Doch ehe Paul Hübner den Fisch an Bord ziehen konnte, segelte in Windeseile ein Albatros herbei, Spannweite mindestens dreieinhalb Meter.

Er schnappte sich den Fisch, der an der Angel hing, und in diesem Augenblick hing - es war ja nicht anders zu erwarten - auch der Riesenvogel an der Angel. Das ist ihm - wie man sich denken kann - schlecht bekommen. Er schlug aufs Wasser auf und zappelte noch einen Augenblick, um sich zu befreien, was ihm natürlich nicht gelang.

Der darüber erschrockene Paul Hübner zog den Albatros an Deck. Aber der Vogel hat das Manöver nicht überlebt. Von einem Augenblick zum anderen war er tot.

Dieses Angelmanöver mit seinen traurigen Folgen war von den Hafenarbeitern natürlich beobachtet worden. Als denen nun bewusst wurde, dass ein von ihnen heiß geliebter und im Übrigen von Staats wegen geschützter Albatros nicht mehr am Leben war - durch die Schuld, wie sie meinten, eines deutschen Seemannes -, legten sie spontan die Arbeit nieder.

Es dauerte ein paar Stunden, ehe der Kapitän der »Reifenstein« auf Grund seines diplomatischen Geschicks erreichte, dass die Arbeiter ihre Arbeit wieder aufnahmen.

Paul Hübner aber blieb während der gesamten Liegezeit der »Reifenstein« vorsichtshalber an Bord.

Kein Unterschied

Heinrich Wolff aus Brake, der als Maschinist auf Schleppern der Bremer Unterweser-Reederei (URAG) alle Weserhäfen aus dem »ff« kennengelernt hatte, hatte im Rahmen der Entwicklungshilfe für viereinhalb Monate in Togo angeheuert, wo sie in den sechziger Jahren des 20. Jahrhunderts tüchtige Seeleute brauchten.

Wolff, der auch schon einmal aus ähnlichen Beweggründen in Brasilien gearbeitet hatte, war im Hafen von Kome die Maschine auf einen Schlepper anvertraut worden. Der Schlepper war 23 Meter lang, sieben Meter breit und hatte 1000 PS.

Dienst von fünf Uhr in der Frühe bis um Mitternacht. Dann wurde der Hafen geschlossen, und Heinrich Wolff fiel kaputt ins Bett.

Und nun meldete sich Heini Wolff nach viereinhalb Monaten wieder zurück - mit einem lachenden und einem weinenden Auge. Er saß im Hafenbüro der URAG im Überseehafen in Bremen und erzählte von seinen Erlebnissen.

»Mensch, ich sag euch, Brasilien war ja ganz schön. Aber Togo! Deutschfreundlich sind die, und jedem erzähln sie, dass Papa Möller, der alte Kapitän aus Bremerhaven, ihren Hafen gebaut habe. Und wenn du dich da so umguckst, meinst du, in Togo leben lauter fröhliche Menschen.«

Dabei sei er zunächst sehr skeptisch gewesen und habe fast ’n Bammel gekriegt, als er, der C3-Mann Heinrich Wolff, von einem Typen in Operettenuniform, mindestens Admiral, vom Flughafen abgeholt worden sei.

»Was ist schon ’n C3-Patent?«, fragte Heini Wolff und wunderte sich immer noch über den großen Bahnhof, der ihm zuteil geworden war.

Jedenfalls habe er dem Typen in der Operettenuniform rundheraus gesagt, er sei kein »King« und erst recht keine »Queen«, sondern nur ein kleiner Maschinist mit ’m Angelschein.

»Und wisst ihr, was dann passiert ist? Da fing der doch tatsächlich an, ein Loblied auf Leute zu singen, die das C3-Patent haben. Die wüssten, was notwendig sei und könnten wenigstens zupacken. Das hat er gesagt.«

Und damit hatte er Heinrich Wolff natürlich sofort gewonnen.

»Der war mein Freund, und er ist es auch geblieben.«

Über seine Begegnungen und seinen Umgang mit den Afrikanern erzählte Heinrich Wolff: »Ich komm da rein in das Kontor, da sagen die ›Bonjour‹ und so, und ich denk: Verdammt, wenn das man nicht Französisch ist. Das lern ich nie. Und da hab ich ›Moin‹ gesagt. Und was meint ihr. Nachher begrüßten die mich nur noch mit ›Moin, Papa!‹, und keiner sagte mehr ›Bonjour!‹. Da habe ich gedacht: Na, wenigstens sprechen die hier wie bei uns in Brake!«

Lokomotive im Koffer

Da wir gerade bei den Leuten aus der Maschine sind, ich meine, kannst sagen, was du willst, das sind ja auch Seeleute. Denk mal an Hahne Wehrmeyer, den Chief von der »Erlangen«. Der war nach dem Krieg n' ganz großer Macker bei der Schweizer Arosa Line. Ärmelstreifen wie ein Admiral.

Nee, lass man, mit den Maschinisten kannste Pferde stehlen gehen.

Und dann der, wie hieß er man noch? Na, is' ja auch egal. Der jedenfalls gehörte zu jenen Seeleuten, die nicht viel Worte machen.

Als er einmal, na, ihr wisst schon, wen ich meine, da war er schon Chief auf der »Bremen«, von einem Journalisten aufgefordert wurde, ein bisschen von sich zu erzählen, guckte er ganz erstaunt und fragte: »Ja, um Gottes willen, was wollen Sie denn schreiben?«

Also, wirklich, wenn es nach ihm ginge, kein Wort!

Aber wie Journalisten so sind - die fangen einfach an zu fragen. Und wenn man gefragt wird, muss man ja auch antworten. Das gebietet die Höflichkeit. Maschinisten sind höfliche Menschen.

Und so ist die Geschichte mit der Lokomotive im Koffer entstanden.

Also, der Chief auf der »Bremen«, der Leitende in der Maschine, bastelte nicht nur gern in seinem Beruf, sondern auch in den wenigen Wochen an Land bei seiner Familie. Das wurde vor allem von seinen Kindern hoch geschätzt.

Er reparierte Puppenmöbel, defekte Puppenstubenbadewannen, Spielzeugeisenbahnen, und er sorgte dafür, dass die Matchboxautos seines Sohnes stets fahrbereit waren - was sehr arbeitsaufwändig war. Denn auch Anfang der sechziger Jahre gingen fünfjährige Jungen keinem Zusammenstoß und keinem Auffahrunfall aus dem Wege. Es tat ihnen ja nicht weh.

Aber wenn dann der Chief nach ein paar Wochen Urlaub wieder an Bord kam und seinen Koffer auspackte, dann hatte ihm die Tochter reparaturbedürftige Puppenmöbel und der Sohn eine fast komplette Eisenbahn einschließlich Lokomotive in den Koffer geschmuggelt.

Da wusste der Chief, dass seine karg bemessene Freizeit auch an Bord für die nächste Zeit geregelt war.

Rauchender Schornstein

Der Leitende Ingenieur des Passagier- und Turbinenschiffes »Bremen« fühlte sich gelegentlich aus Anstand und aus Freundschaft zum Kapitän verpflichtet, im Speisesaal der Passagiere an einer Mahlzeit teilzunehmen. Hier war eigens für ihn ein Platz reserviert. Und gegen Ende einer Reise wurde er von einer Dame am Tisch gefragt, was denn wohl seine Aufgabe an Bord sei.

Der Chief, an sich ein leutseliger Mann, wunderte sich ein bisschen über diese Frage. Er überlegte einen Augenblick und antwortete schmunzelnd: »Ich bin dafür zuständig, dass der Schornstein nicht raucht.«

»Das ist ja sehr merkwürdig«, meinte daraufhin die Dame, nachdem sie sich die Antwort des Chiefs auf der Zunge hatte zergehen lassen.

»Wieso merkwürdig?«, fragte der Chief.

»Na ja«, meinte die Dame. »Alle an Bord sorgen pflichtbewusst dafür, dass bei Ihrer Firma, die man wohl Reederei nennt, der Schornstein raucht. Nur Sie nicht.« Und sie fügte ein bisschen verlegen hinzu: »Dann sind Sie wohl sozusagen das schwarze Schaf.«

»Dscha«, meinte der Chief und konnte sich das Lachen kaum verbeißen. »Jede Reederei, die auf sich hält, leistet sich ein schwarzes Schaf.«

Und damit war das Gespräch beendet.

Aber es gab noch eine kleine Fortsetzung. Denn nach Tisch trat die Dame noch einmal auf den Chief zu und meinte: »Ich glaube, ich muss mich bei Ihnen entschuldigen. Mein Mann hat mir vorhin erzählt, dass Sie der Leitende Ingenieur seien. Das ist ja wohl etwas Besonderes.«

Der Chief antwortete daraufhin: »Besonders ist das nicht. Aber Sie sollten wissen, wenn der Schornstein eines Turbinenschiffes raucht, dann ist das Feuer im Kessel nicht sauber, und es gehört zum Ehrgeiz eines jeden Leitenden Ingenieurs, ein sauberes Feuer im Kessel brennen zu haben.«

Die Dame hatte aufmerksam zugehört. Schließlich meinte sie: »Wollen wir uns wieder vertragen?«

Und der Chief sagte: »Wir haben uns doch gar nicht gestritten!«

Konkurrenz aus der »Unterwelt«

Ein junger Mann heuerte als Tellerwäscher auf dem Nachkriegspassagierschiff »Berlin« an und fragte seinen Vorgesetzten, ob er sein Musikinstrument mit an Bord bringen dürfe - und der hatte nichts dagegen.

Am Abend nach der Abfahrt des Schiffes von Bremerhaven kam der Tellerwäscher mit seinem Instrument in die Mannschaftsbar, die allgemein »Groschengrab« genannt wurde. Ein Schnaps kostete hier 30 Pfennig.

Der junge Mann setzte sich in eine Ecke und fing an zu spielen. Er spielte so gut und vor allem so laut, dass sich die Passagiere der Ersten Klasse dem Klange nach auf den Weg machten - in die Tiefe des Schiffsbauches unterhalb der Wasserlinie, in die »Unterwelt«, wie dieser Teil des Schiffsinneren unter den Besatzungsmitgliedern genannt wurde.

Das »Groschengrab«, sowieso immer gut besetzt, war schließlich völlig überfüllt. Die Passagiere waren begeistert von der Musik des Tellerwäschers. Er spielte die - Tuba.

Aber statt nun den Tellerwäscher zu ermuntern, immer mal wieder ein Konzert zu geben und die Ausflüge der Passagiere in die »Unterwelt« zu institutionalisieren (denn so etwas gab es sonst nirgends auf dem Atlantik) wurde der Tellerwäscher vergattert, die Tuba während der Reise zu vergessen.

Der Grund? Die Musiker und die Barkeeper in den offiziellen Gesellschaftsräumen fürchteten die Konkurrenz aus der »Unterwelt«.

Grün ist die Heide

Müssen wir darüber reden, dass es an Bord nicht nur eine streng einzuhaltende Hierarchie gab - ich weiß ja nicht, wie das heute ist. Sogar die einzelnen Berufssparten an Bord hielten untereinander auf Abstand.

Die Zahlmeister auf den Passagierschiffen wurden allgemein als »Nullenkacker« bezeichnet, während Zahlmeister Müller behauptete, die Nautiker könnten gerade mal mit Mühe ihren Namen schreiben. Zu mehr seien sie nicht imstande.

Der wohl eleganteste Zahlmeister auf dem Nordatlantik war in den fünfziger Jahren der Oberzahlmeister von der »Berlin«, Theodor Dellith. Er war nebenbei auch ein begabter Schauspieler, der in der Zeit, als es nach dem Krieg in Deutschland keine Schiffe gab, das Publikum in der Plattdeutschen Bühne »Waterkant« in Bremerhaven zu Begeisterungsstürmen hinriss.

Als er wieder zur See fuhr und Oberzahlmeister war, musste sonntags um zwölf Uhr der jüngste Zahlmeisterschreiber zwei Schreibtische zusammenstellen. Eine von Kapitän Lohmnitz von der Nautischen Abteilung gestiftete »Altardecke« - sie hieß so, ohne Rücksicht auf fromme Seelen - wurde ausgebreitet. Dann wurden eiserne Ziffern von null bis neun daraufgelegt. Zu jeder Ziffer gehörte ein leeres Glas, und dahinter stand je eine Flasche Carlsbergbier.

Daraufhin wurden alle Zahlmeister, die schon darauf gewartet hatten, zusammengerufen. Ein fröhlicher Umtrunk begann, der stets länger dauerte als geplant, so dass die Zahlmeister anschließend in der Messe auf verstimmte Stewards trafen, die ihnen das Mittagessen servieren mussten. Oder es gab überhaupt nichts mehr zu essen. Was aber auch nicht schlimm war. Denn Bier war genug vorhanden.

Berühmt waren die von Theodor Dellith auf der »Berlin« veranstalteten und von ihm sehr geschätzten Musikabende mit klassischer Musik aus dem Grammophon. Nach der Klassik - und das war eigentlich das Wichtigste - gab es Bier. Und da diese Musikabende stets nach Feierabend veranstaltet wurden, ertönte die Klassik bis weit in die Nacht hinein.

Höhepunkt war regelmäßig das Absingen des Liedes »Grün ist die Heide, die Heide ist grün«. Dieses Lied und seine Melodie rührte Theodor Dellith zu Tränen - und er schmiss, was nicht anders zu erwarten war, eine letzte Runde.

Für einen jungen Mann, der damals als Zahlmeisterschreiber dabei war, wurde das Lied »Grün ist die Heide« zu einem Bestandteil der klassischen Musik.

Kein Autoverkehr an Bord

»Makker« Vogt, der als Zahlmeister auf der »Berlin« fuhr, war ein begeisterter Seemann und während seiner Freizeit an Land ein ebenso begeisterter Fußgänger - was bei Seeleuten nicht unbedingt üblich ist. In den fünfziger Jahren entdeckte er mit Schrecken, dass die Automobile an Land immer mehr Platz brauchten.

Er hasste Automobile und hatte sich ein ungewöhnliches Hobby zugelegt. Er sammelte Abbildungen aus Zeitungen und Illustrierten, auf denen verunglückte Autos zu sehen waren. Und mit großer Befriedigung nahm er zur Kenntnis, dass an Bord kein Autoverkehr stattfand.

Er soll darüber mal mit Kapitän Lorenz gesprochen haben, und der Kapitän soll ihm versichert haben, dass auch in Zukunft nicht mit Autoverkehr an Bord zu rechnen sei.

Bisher hat sich die Prognose, trotz allen so genannten Fortschritts an Bord, als richtig erwiesen.

Saurer Apfel

Die »Lady von Büsum«, eine Nussschale, wenn man das mal so sagen darf, hatte sich bei einem verhältnismäßig steifen Nordwest von Büsum nach Helgoland gequält.

Sie lag im Schutze des Binnenhafens. Nur einen Katzensprung vom Anleger entfernt, so dass das Ausbooten der Passagiere, wie das bei Helgoland so üblich ist, ohne besondere Schwierigkeiten vonstatten gehen konnte.

Für einige der Passagiere allerdings war schon das eine Qual.

Sie waren während der Fahrt der »Lady« von der Seekrankheit gepackt worden und wären, hätten sie die Kraft gehabt, lieber über Bord gegangen als in eine Börte, die sie auf die Insel bringen sollte.

Auch Frau Clara Petersen aus Kiel, die zusammen mit Herrn Ingo Petersen, was ihr Mann war, an einer Gesellschaftsreise nach Helgoland teilnahm, hatte den Verbrauch an bordeigenen Spucktüten erheblich in die Höhe getrieben.

Am liebsten hätte sich Frau Petersen im Restaurant der »Lady von Büsum« auf den Fußboden gelegt, um sich ihrem Schicksal ganz und gar zu ergeben.

Aber da machte Herr Petersen nicht mit. Herr Petersen hatte als Elektriker die Seefahrt kennen und schätzen gelernt – bis ihm Frau Petersen die Pistole auf die Brust gesetzt und von ihm gefordert hatte, eine Landstelle anzunehmen. Hier und jetzt erkannte Herr Petersen nun endlich, dass für ihn die Stunde der Rache geschlagen hatte.

Er sagte: »Mitgegangen, mitgefangen, mitgehangen.« Und er sagte das ohne jede Rücksicht auf die Gefühle seiner Frau. Und er fügte hinzu: »Stell dich nicht so an!«

Frau Petersen musste sich in die Börte hieven lassen, setzte sich auf die Bank und wartete - die Spucktüte in der Hand - auf den nächsten Anfall.

»Wenn du erst an Land bist, ist alles vorbei«, meinte Herr Petersen.

Die Sache mit dem Segen spendenden und heilsamen Landgang stimmte allerdings so nicht. Denn manche Leute können sich auch an Land, wenn sie festen Boden unter den Füßen haben, von der Seekrankheit nicht erholen - zumal auf Helgoland, wo man überall das Wasser der Nordsee sehen kann.

Und zu diesen beklagenswerten Leuten gehörte eben auch Frau Petersen.

»Wären wir man bloß nach Fehmarn gefahren«, klagte sie. »Da siehst du weit und breit kein Wasser.«

»An der Küste von Fehmarn kannst du das Wasser auch sehen«, meinte Herr Petersen gemütsroh. »Wasser siehst du sogar in Kiel. Natürlich nicht bei uns in der Straße. Außer bei Regen.«

»O Gott, o Gott, o Gott«, jammerte Frau Petersen, und einer aus der Gesellschaft meinte zartfühlend, sie sehe aus wie das Leiden Christi zu Pferde.

»Ach was«, sagte Herr Petersen.

Und weil er meinte, wenigstens ein einziges Trostwort an seine Frau richten zu müssen, meinte er: »Heute Abend, wenn du wieder zu Hause bist, musst du einen sauren Apfel essen. Das hilft!«

Unterhosentest

Ein Kurgast auf Helgoland, der auf der Hinreise mit dem Seebäderdampfer »Wilhelmshaven« einem steifen Nordwest ein etwas unangenehmes Opfer gebracht hatte, kam während seines morgendlichen Spazierganges in den Südhafen, wo er unter anderem die in einem Schaukasten veröffentlichen amtlichen Wetterprognosen für den Tag in sich aufgenommen hatte.

Der Weg zurück führte ihn zwangsläufig am Binnenhafen vorbei, wo die Börte liegen. Dabei kam er ins Gespräch mit einem Fischer, der etwas aufgeschlossen war, weil er als junger Mann auf einigen Frachtern die weite Welt kennen gelernt hatte.

Mit diesem Fischer, dessen Börte beladen mit Hummerkörben im Hafen schaukelte, kam also der Kurgast ins Gespräch.

»Fahren Sie heute noch raus?«, fragte der Kurgast.

»Dscho«, antwortete der Fischer, und er fragte aus geschäftlichem Interesse gleich hinterher: »Woll'n Se mit?«

»Nee, lieber nicht«, sagte der Kurgast, der sich ja gerade erst über die Windverhältnisse in der Deutschen Bucht hatte unterrichten lassen.

Der Fischer, ein richtiger Helgoländer mit verschossener blauer Jacke, meinte: »Na, schlimm wird's nicht.« Damit glaubte er, das Gespräch beendet zu haben.

Aber der Kurgast war noch nicht fertig.

»Gibt es eigentlich auch Helgoländer, die unter Seekrankheit leiden?«

Der Fischer, der kein Mann großer Worte war, antwortete in gleicher Höhenlage wie beim ersten Dscho: »Dscho!«

»Komisch«, sagte der Kurgast nachdenklich. »Ich habe tatsächlich in all den Jahren, in denen ich meinen Urlaub auf Helgoland verbringe, noch nie einen seekranken Helgoländer gesehen.«

Und er fuhr ein wenig geschwätzig fort: »Ich habe mich aus- und einbooten lassen, ich habe eine Fahrt mit einer Börte um die Insel gemacht, ich habe an einer Angelfahrt teilgenommen, die mir nicht gut bekommen ist. Ich nehme mal an, dass die Helgoländer immun gegen Seekrankheit sind.«

»Nee«, meinte der Helgoländer.

»Also leiden auch die Helgoländer unter Seekrankheit?«, fragte der Kurgast.

»Nee«, antwortete der Fischer und sah sich nach einer Möglichkeit um, Leine zu ziehen.

»Ja, was denn nun?«, fragte der Kurgast etwas ungehalten. »Ja oder nein?«

»Das ist ganz einfach«, sagte der Helgoländer. »Helgoländer werden nicht seekrank, weil sie sich, wenn sie rausfahren wollen, nach den Unterhosen richten.«

»Nach den Unterhosen? Das versteh ich nicht«, gab der Kurgast seine Wissenslücke zu.

»Nee?«, fragte der Helgoländer, und dann setzte er zu folgender Rede an: »Wenn die Unterhosen quer auf der Leine hängen, dann fahren die Helgoländer nicht raus. Wenn aber die Unterhosen senkrecht auf der Leine hängen, dann fahren sie. Und dann werden sie auch nicht seekrank.«

Auf'm Sofa

Kapitän Klaus Högermann hatte die ganze Welt gesehen und sogar das Kap Hoorn umrundet. Damals war er noch Kadett. Zuletzt aber war er Lotse.

Seelotse, versteht sich. Sein Revier war die Deutsche Bucht, und einmal im Jahr hatte Klaus Högermann Urlaub.

»Muss man dscha nehm'«, sagte er. »Auch wenn's schwer fällt.«

Und wenn er Urlaub hatte, fragte seine Frau: »Klaus, wolln wir denn nun nicht endlich mal verreisen?«

»Verreisen?«, fragte Klaus Högermann und musste erst einmal überlegen, was seine Frau damit meinte.

»Verreisen!«, sagte sie. »Man will doch auch mal was anderes sehn, als immer nur die eigenen Tapeten.«

Klaus Högermann antwortete: »Ich hab nix gegen unsere Tapeten, obwohl du die ja damals ausgesucht hast.« Und vorsichtig und nur mal so aus Neugier fragte er: »Wohin willst du denn verreisen?«

»Na ja«, meinte sie. »Vielleicht nach Mallorca. Alle fahren sie nach Mallorca, nur wir nicht.«

»Mallorca?«, fragte Högermann, weil er glaubte, nicht richtig verstanden zu haben. »Mallorca. Da muss man dscha fliegen.«

»Ja, und ...?«, fragte seine Frau.

»Nee«, sagte Högermann, denn Fliegen, das ging ihm gegen den Strich. »Ich und fliegen – da wird nix von.«

Und nach einem kleinen Schweigen meinte er zu seiner Frau: »Ehrlich gesagt, hier auf'n Sofa ist es immer noch am gemütlichsten. Und kost' nix. Und ob ich nun auf Mallorca bin oder hier auf'n Sofa, ich bin überall derselbe. Und wenn ich mal Lust auf Landschaft habe, Gott, dann geh ich auf'n Deich. Und den ham se, wenn ich richtig im Bilde bin, auf Mallorca nicht.« Und er fügte hinzu: »Arme Leute!«

Das Zweitbeste

Der Kapitän Hinnerk Oldendorp, der aus Altersgründen schon seit einigen Jahren keine Schiffsplanken mehr unter den Füßen gehabt hatte, was ihm gewaltig zusetzte, fühlte sich seit ein paar Tagen nicht recht wohl. Sogar die paar Schritte zu seinem Stammtisch im »Grauen Esel« fielen ihm schwer.

»Geh doch mal nach'n Dokter hin«, rieten seine Freunde, und sein alter Kollege, Kapitän Martin Deetjen, kannte sogar einen Doktor, der ihm vor Dschahrenden Tabletten gegen Bluthochdruck verschrieben hatte. Seine Frau hatte die Tabletten aus der Apotheke geholt, er hatte sie in die Schublade seines Nachttisches gelegt und sie dort vergessen.

Das alles klang für Hinnerk Oldendorp recht überzeugend, und am nächsten Morgen machte er sich auf den Weg zum Doktor.

Tatsächlich übte der Doktor auf ihn einen guten Eindruck aus, zumal der auch noch erzählte, dass er vor vielen Jahren mal als Schiffsarzt auf einem Passagierdampfer gefahren war. Auf der »Scharnhorst« nach Ostasien.

»So, so«, meinte Kapitän Oldendorp. »Dann kenn'n Se sich ja aus.«

»Und wo fehlt's Ihnen denn?«, wollte der Doktor wissen.

Hinnerk Oldendorp erzählte in Stichworten von den Läusen, die ihm, wie er es ausdrückte, über die Leber gelaufen seien.

Der Doktor stellte die eine oder andere Frage, ganz behutsam natürlich, weil er sich in der Seele eines Seemannes auskannte.

Am Ende des Interviews zog er ein bedenkliches Gesicht und meinte dann: »Wissen Sie, Herr Kapitän, das Beste wäre, wenn Sie das Trinken und das Rauchen aufgeben würden.«

Kapitän Hinnerk Oldendorp hörte sich das an, überlegte eine Weile und meinte dann: »Tscha, Herr Dokter, das mag wohl so sein. Aber wissen Sie, ich bin mein Leben lang ein einfacher Mann gewesen – und ich bin es auch geblieben. Das Beste ist viel zu gut für mich. Nennen Sie mir doch das Zweitbeste.«

Kapitän Johann Bradhering blättert
in alten Geschichten aus der
Seefahrt und findet auch noch ein
bisschen Seemannsgarn
von Kapitän Heinrich Kastendiek

Weil der Kaiser seine Großmutter besuchte

Diese Geschichte hat Kapitän Johann Bradhering in den Lloyd-Nachrichten von 1912 gefunden. Sein Vater hatte die gesammelt. Sie waren auf dem Speicher gelandet und dort vergessen worden, bis Johann Bradhering sie dort entdeckte. Also, die Geschichte geht so:

Im Jahre 1888 besuchte der junge Wilhelm II., der eben erst deutscher Kaiser geworden war, seine Großmutter, die Queen Victoria von England.

Natürlich war das ein großes Ereignis, das die Welt gebührend zur Kenntnis nahm. Auch sollte der Besuch mit einer großen englischen Flottenparade bei Southampton gefeiert werden.

Dieser historische Besuch gab einigen Herren in der Hauptverwaltung des Norddeutschen Lloyd Bremen doch zu denken. Sie überlegten, ob man nicht mit dieser Flottenparade Geld verdienen könne. Denn sicherlich, so mutmaßten sie nicht zu Unrecht, verspürten viele Deutsche das dringende Bedürfnis, ihren jungen und hoffnungsvollen Monarchen auf seiner Reise - sozusagen Schiff an Schiff - zu begleiten. Sie könnten an der Flottenparade teilnehmen, zwar im gehörigen Abstand, aber doch in Sichtweite.

Der Lloyd schrieb daraufhin eine Gesellschaftsreise aus, die immerhin einen solchen Zuspruch fand, dass zwei Schiffe auf die Reise geschickt werden mussten.

Leider verlief die Reise etwas unglücklich. Die Flottenparade, auf die sich die Passagiere gefreut hatten, fand aus irgendwelchen Gründen erst zu einem späteren Termin statt. Und die Lloydschiffe, die anderweitig gebraucht wurden, mussten unverrichteter Dinge wieder umkehren.

Es gab, man kann es sich vorstellen, großen Ärger mit den geprellten Passagieren. Es wurden sogar Prozesse geführt. Doch immerhin: Die Kreuzfahrt war geboren!

Bereits ein Jahr später fuhren fröhliche Touristen, 211 Herren und sechs Damen, unter der Flagge des Norddeutschen Lloyd nach Norwegen. Es war eine exklusive Reise, bei der die sensationelle Gelegenheit geboten wurde, sich eine Zigarette im Schein der Mitternachtssonne mit dem Brennglas anzuzünden.

Aber es sollte dann doch noch eine Weile vergehen, bis sich der Gedanke der Vergnügungsreise durchgesetzt hatte.

Eine dieser ersten Vergnügungsreisen war die Maienfahrt der 3781 BRT großen »Therapia« vom Norddeutschen Lloyd durchs Mittelmeer und durchs Schwarze Meer im Mai des Jahres 1906.

Damals dichtete Victor Blüthgen für einen Lloyd-Prospekt:

Fahren wir in's Tyrrhener Meer,
In die schillernde Seide,
Munt're Gesellschaft um uns her –
Ich und mein Schatz wir beide.
Und den Fahrenden waren hold
Alle himmlischen Mächte:

Selig durch brauner Tage Gold
Ging's und durch silberne Nächte.
Wunderstädte an Ruhm und Glanz
Durften wir gastlich betreten,
Einen lachenden Rosenkranz
Üppiger Feste beten.
Jede Stunde doch festlicher Art,
Duftend nach Rosen und Flieder ...
Wie der »Therapia« Maienfahrt
Machen wir keine wieder!

Zwei Jahre später, am 27. Juni 1908, trat der Doppelschraubendampfer »Großer Kurfürst« (13182 BRT) die erste offizielle vom Norddeutschen Lloyd veranstaltete Vergnügungsfahrt nach den Polarländern an. Etwa 300 Passagiere, die in Bremerhaven, Southampton und Cherbourg an Bord gekommen waren, nahmen an dieser Reise teil.

Als überaus beliebt gestalteten sich in den folgenden Jahren auch die Kaukasus-Fahrten des Norddeutschen Lloyd, die am 28. April 1911 vom Dampfer »Schleswig« eröffnet wurden.

Auf dieser Reise war auch Prinz Alexander von Oldenburg an Bord, der zu Ehren der Fahrtteilnehmer an Land ein großes kaukasisches Fest veranstaltete, an dem 2000 Kaukasier teilnahmen.

Vom 18. Juli bis zum 15. August 1912 unternahm ein Binnenländer, dessen Namen Bradhering vergessen hatte, eine Polarfahrt mit dem Dampfer »Großer Kurfürst«, über die er ausführlich in den Lloyd-Nachrichten berichtete.

Der Binnenländer fuhr, nachdem er am Abend vorher ein paar gemütliche und weinselige Stunden im Ratskeller zu Bremen verlebt hatte, mit einem Sonderzug nach Bremerhaven, wo er und seine Mitreisenden von der Bordkapelle des Dampfers »Großer Kurfürst« begrüßt wurden.

Die Reise führte nach Edinburgh, nach Reykjavik und nach Spitzbergen. Zurück ging es durch die norwegischen Fjorde, und natürlich musste auch diese Reise mit einem Gedicht geschmückt werden.

Es war ein Trinkspruch während des Abschiedsdiners:

Ihr geht jetzt ins Alltagsgetriebe hinaus,
Und vorbei sind die Tage so schön,
Lebt wohl denn, Ihr Gäste,
und Volldampf voraus,
Auf ein fröhliches Wiedersehen!

Keine Konkurrenz

Im Juni 1911 kletterte der Ladungsinspektor Wieting vom Norddeutschen Lloyd über die Gangway auf den Dampfer »Großer Kurfürst« und fragte nach Kapitän Rott.

Er wurde auf die Brücke geführt, wo er dem Kapitän eine besondere Ladung ankündigte.

»Um was geht es denn?«, fragte Kapitän Rott.

»Um Automobile«, antwortete der Ladungsinspektor.

»Die Welt wird immer verrückter«, meinte der Kapitän. »Automobile gehören, wenn überhaupt, auf die Straße und nicht aufs Schiff.«

Wieting erläuterte dem Kapitän, dass es sich um mehrere Automobile handele, die wegen der Prinz-Heinrich-Automobilfahrt von Bremerhaven nach Southampton befördert werden sollten. Es sei, meinte der Inspektor, eine sehr diffizile Angelegenheit, mit der nicht nur er betraut worden sei, sondern auch der Betriebsinspektor Bartling und der Inspektor Wippern.

»Na, denn man to!«, meinte der Kapitän. »An mir soll die Geschichte nicht scheitern.«

Die Verladung der Automobile wurde viel beachtet, und auch Kapitän Rott konnte nicht umhin, sich das Spielwerk von der Brücke aus anzusehen.

Der Erste hatte ebenfalls auf der Brücke Position bezogen. Die beiden kommentierten das Geschehen, und Rott meinte schließlich: »Also, eines will ich

Ihnen sagen, Automobile sind keine Konkurrenz für uns.«

*

Nur beiläufig sei noch erwähnt, dass Rott der erste Kapitän war, der mit einem Schiff Automobile über See beförderte. Der Kaiser verlieh ihm dafür den Kronenorden IV. Klasse.

Heute werden Automobile in Schiffen befördert, die genau genommen keine Schiffe mehr sind, sondern schwimmende Parkhäuser.

Auswandererlieder

»Und als wir kamen in Bremen an
Und schauen das große Wasser an,
Wir fürchten keinen Wasserfall:
Der liebe Gott ist überall.«

Mit diesem Lied sangen sich die Hessen den Mut an, den sie brauchten, wenn sie im Hafen standen und das Schiff sahen, das sie in die Fremde entführen sollte.

Bei der Gelegenheit begingen sie ganz offensichtlich den geografischen Fehler, Bremen mit Bremerhaven zu verwechseln. Denn wo in Bremen befindet sich das große Wasser? Das große Wasser beginnt erst in Bremerhaven, was selbst die Bremer - wenn auch widerwillig - als korrekt bezeichnen müssen.

Infolgedessen werden die Hessen Bremerhaven für den Hafen von Bremen gehalten haben, was nun wiederum die Bremerhavener - wenn auch widerwillig - zugeben müssen.

»Und als wir kamen in Bremen an,
Da hieß es gleich: Ihr Brüder heran!
Dort an dem Ufer steht das Schiff,
Nun wird ein Liedchen angestimmt.«

Das sangen die Auswanderer aus Nassau.

Aber fröhliche Lieder waren es wohl selten, die damals gesungen wurden, auch nicht von den Westfalen:

»Und kommen wir in Bremen an,
So heißt's, das Schifflein aufgetan.
Und steigen alle betrübt hinein
Und denken: Gott wird Führer sein.«

Dass nun aber Bremerhaven mit Bremen immerzu verwechselt wurde, mag nicht nur daran gelegen haben, dass Bremerhaven damals noch eine sehr junge Stadt war, gegründet von den Bremern im Jahre 1827. Es kam wohl auch daher, dass die Auswanderer ihre Passage nach »drüben« nicht in Bremerhaven zu zahlen hatten, sondern in Bremen. Und die Bremer fanden das ganz in Ordnung.

So soll der Bremer Senator Carl Wilhelm August Fritze, der - nebenbei gesagt - viel für die Gründung Bremerhavens getan hat, im Jahre 1847 geäußert haben - dieses aber nicht in Versen: »Das Hauptgeschäft muß in Bremen bleiben; und wenn dann von unserem wohlbestellten Tisch hin und wieder ein Knochen abfällt, an dem die Leute in Bremerhaven nagen wollen, so mag man ihnen das gönnen.«

Herr Fritze, das sei nebenbei gesagt, war kein gebürtiger Bremer, sondern ein Braunschweiger.

Die Folge allerdings dieser Wirtschaftspolitik liegt auf der Hand: Nicht Bremerhaven, sondern Bremen kam schlecht weg in der Erinnerung der Auswanderer, die in ihrer neuen Heimat das Lied anstimmten:

»Als wir nach Bremen gekommen,
Waren wir vor Kummer bleich,
Alles was wir mitgenommen
Zahlten für die Fracht wir gleich.
Und die Zahlung an dem Ort
Nahm den letzten Pfennig fort.
Nackt und kahl wie'n Felsenriff
Stiegen wir hinein ins Schiff.«

Es soll hier aber nicht näher untersucht werden, ob die Auswanderer nicht nur in Bremen, sondern vielleicht auch in Bremerhaven bis aufs Hemd ausgezogen und kräftig übers Ohr gehauen worden sind.

»Und die Zahlung an dem Ort
Nahm den letzten Pfennig fort.«

Das kann eigentlich nur in Bremerhaven gewesen sein, denn Bremerhaven war der letzte Ort in Europa - dort stiegen die Auswanderer aufs Schiff in die Neue Welt.

Die Auswanderer aber haben dieses infolge ihrer mangelhaften geografischen Kenntnisse den Bremern aufs Konto geschrieben.

Und die Bremerhavener haben das - großzügig wie sie sind - auf sich beruhen lassen.

Wunder auf See

Der eiserne Schoner »Friederike« unter Kapitän Heinrich Engellandt hatte Mitte Mai des Jahres 1903 Memel mit einer Ladung Holz verlassen und war gleich darauf in einen furchtbaren Sturm geraten, der zwei Tage dauerte.

Kapitän Engellandt kam während dieser Zeit nicht aus seinen völlig durchnässten Klamotten, und an Schlaf war schon gar nicht zu denken.

Eben schien der Sturm etwas nachzulassen, so dass der übermüdete Kapitän den Steuermann bat, für ein Stündchen das Kommando über die »Friederike« zu übernehmen. Er wollte sich mal eben aufs Ohr legen.

»Aye! Aye!«, sagte der Steuermann.

Der Kapitän machte sich auf den Weg, doch in jenem Augenblick, als er seine Kammer erreicht und betreten hatte, frischte der Sturm gewaltig auf und – brachte das ohnehin ein bisschen angeschlagene Schiff zum Kentern.

Die Besatzungsmitglieder einschließlich Steuermann, die mit diesem Rückschlag nicht gerechnet hatten, wurden allesamt von Bord gerissen. Nur nicht der Kapitän.

Der nämlich saß eingeschlossen in seiner Kammer, denn die Luken des gekenterten Schiffes hatten dicht gehalten.

Es ist nicht überliefert, was Kapitän Heinrich Engellandt in diesen Stunden gedacht hat. Er mag sich wie in einem schwimmenden Sarg vorgekommen sein, nicht ahnend, dass Rettung nah war.

Denn der Schoner »Aurora« aus Stettin sichtete das Wrack. Die Besatzung ging daran, die »Friederike« auf den Haken zu nehmen, um sie in den nächsten Hafen zu schleppen.

Der Kapitän der »Aurora«, dessen Name nicht überliefert ist, rieb sich die Hände, denn für ein von der Besatzung verlassenes Wrack gab es eine saftige Bergungsprämie.

Während also nun die Besatzungsmitglieder der »Aurora« damit beschäftigt waren, die Schleppleine anzubringen, vernahmen sie ein energisches Klopfen, das aus dem Schiffsrumpf drang.

Und sofort stockte den mit allen Wassern aller Weltmeere gewaschenen Seeleuten der Atem.

»Der Klabautermann!«, rief der eine.

»Das ist der Fliegende Holländer!«, ließ sich ein anderer vernehmen. »Wir sollten hier sofort verschwinden!«

Und nur der Bootsmann bewahrte einen klaren Kopf: »Da ist noch ein Mann im Schiff!«, sagte er und leitete die Rettung des eingeschlossenen Kapitäns Engellandt ein.

*

»Soweit also das Wunder«, fügte Kapitän Johann Bradhering der Geschichte hinzu. »Jetzt aber beginnt die Rechtslage.«

Diese Rechtslage war zwar nicht verzwickt, jedoch ärgerlich für den Kapitän der »Aurora«.

Denn solange sich der Kapitän eines, wie auch immer zugerichteten, Schiffes an Bord befindet, ist das Schiff nicht frei. Das heißt, die Berger erhalten nur den Schleppdienst ersetzt, so sie denn dazu überhaupt aufgefordert waren. Die sehr viel höhere Bergungsprämie geht auf jeden Fall »flöten«.

Es spricht für den Kapitän der »Aurora« und natürlich auch für den Bootsmann, dass sie Kapitän Engellandt aus seiner misslichen Situation befreit und nicht darauf gewartet haben, bis kein Lebenszeichen mehr an Bord des gekenterten Schiffes zu hören war.

Auch ist anzunehmen, dass Engellandt das keineswegs seetüchtige Wrack auf dem schnellsten Wege verlassen hat, so dass Kapitän und Besatzung der »Aurora« ihre Bergungsprämie kassieren konnten.

Geheime Kommandosache

Zu Beginn des Zweiten Weltkrieges wurden Seeoffiziere der christlichen Seefahrt von der Deutschen Kriegsmarine übernommen. Sie erhielten den Status eines Leutnants zur See (Sonderführer) und wurden in Wilhelmshaven ausgebildet.

Die ganze Sache war streng geheim. Die Seeleute durften nicht einmal ihren Frauen schreiben, wo sie sich befanden. Jeder hatte seine Feldpostnummer, aus der nicht hervorging, wo sich der Empfänger der Post befand.

Nachdem die Seeoffiziere in Wilhelmshaven geschult worden waren, wurden sie verlegt - und der Weg führte sie über Bremen.

Einer dieser Sonderführer wohnte in Bremen und entfernte sich für eine kurze Zeit - unerlaubt, was aber nicht auffiel - von der Truppe und besuchte seine Frau.

Die freute sich natürlich, kochte ganz schnell einen Kaffee, den es damals noch gab, wenn auch in beschränktem Maße, und fragte beiläufig: »Wo fahrt ihr denn hin?«

Der frisch gebackene Leutnant, der statt seiner drei Ärmelstreifen, die ihn als Ersten Schiffsoffizier bei einer Reederei ausgewiesen hatten, jetzt nur noch einen einzigen Ärmelstreifen trug, was er mit grimmigen Humor auf sich beruhen ließ - es blieb ihm ja auch nichts anderes übrig - sagte schließlich: »Du, das weiß ich gar nicht. Das ist im Übrigen auch geheim.«

Daraufhin setzte sie ihre Tasse ab und meinte trocken: »Och, dann sollt ihr wohl Norwegen erobern.«

Er war entsetzt.

»Mein Gott«, fragte er sie, »woher weißt du das denn?«

Sie meinte gelassen: »Das habe ich beim Schlachter gehört.«

Die Sonderführer wurden tatsächlich Kommandanten auf »zur Truppe eingezogenen« Fischdampfern und nahmen Kurs Nord.

Kommandant und Besatzung mussten - auf sich selbst gestellt - das Wetter und die Schiffsbewegungen auskundschaften. Einer der Dampfer lief auf eine Mine und flog zusammen mit seiner gesamten Besatzung in die Luft. Man hat nie wieder etwas von ihm gehört.

Wenig später begann der Norwegenfeldzug - kein besonders glückliches Kapitel der deutschen Geschichte.

Von Männern mit Hundsköpfen und ihren wunderschönen Frauen

Seit sich Heinrich Kastendiek im Ruhestand befand, war sein Leben sehr viel unruhiger geworden. Denn seine Frau Anna fing an, das Leben zu zweit in vollen Zügen zu genießen. Sie hatte ihr Leben lang das Haus gehütet, einerseits der Kinder wegen, andererseits, weil sie immer mit einem Telegramm von Heinrich Kastendiek rechnen musste, etwa mit dem Inhalt: »Komme am Freitag – Heinrich.« Und nun übernahm sie das Kommando!

Ihr Leben war von einem Tag zum anderen anders geworden, und nun stellte es sich heraus, dass die »wilde Hummel«, die sie als Kind und Backfisch gewesen war, in ihr über die Jahrzehnte nur stillgehalten hatte. Jetzt aber forderte die »wilde Hummel« ihr Recht.

Anna organisierte Reisen, die sie natürlich nicht allein unternahm, sondern mit Heinrich, der ja sein ganzes Leben lang gereist war und sich eigentlich auf zu Hause gefreut hatte.

»Aber im Harz bist du noch nicht gewesen«, sagte Anna.

Also musste Heinrich Kastendiek in den Harz fahren.

Und wenn Annas Schwester Friederike, die in Braunfels nicht weit von Wetzlar lebte, Geburtstag hatte, glich die Geburtstagsfeier stets einem Familientreffen, weil Friederike, wie Anna sagte, »gegen ihren Familiensinn nicht an konnte«. Alle mussten kommen, einschließlich Heinrich Kastendiek, den Friederike besonders gut leiden konnte.

»Das ist mal ein richtiger Mann«, sagte sie zu Anna und warf einen vorwurfsvollen Blick auf ihren Mann Karl, der zwar eine mächtige Stimme hatte und es bis zum Handlungsbevollmächtigten einer Firma gebracht hatte, die Gummimanschetten herstellte. Karls großer Fehler aber war, dass er während seines ganzen Lebens morgens bis viertel vor acht und abends nach halb sieben zu Hause gewesen war.

»Schrecklich«, sagte Friederike. »Immer hast du so einen Kerl im Haus!«

Aber lassen wir das.

Friederike hatte Geburtstag. Und alle waren gekommen.

Nun wäre das ja alles nicht so schlimm gewesen, wenn Heinrich Kastendiek zusammen mit seinem Schwager Karl und mit einem entfernten Onkel, der ebenfalls Heinrich hieß und uralt war, gemütlich in einer Ecke hätte zusammensitzen dürfen.

Doch Friederike legte Wert auf eine gemischte Tischordnung, und Heinrich Kastendiek wurde meistens zu den jungen Leuten gesetzt, die sich einen Platz neben ihm ausbedungen hatten, weil sie sich von ihm spannende Geschichten aus der Seefahrt versprachen.

Nun war Heinrich Kastendiek kein Mann, der außerhalb seiner Stammkneipe gern über seinen Beruf sprach. Erstens waren die Zeiten sowieso vorbei, zweitens – was gab es da schon zu erzählen?

Aber die Neffen und Nichten ließen nicht locker. Sie quälten und quälten, und schließlich meinte Heinrich Kastendiek: »Habt ihr denn schon mal was von Menschen mit Hundsköpfen gehört?«

»Das gibt es doch gar nicht«, meinte eine junge Dame.

»So, so«, sagte Heinrich Kastendiek. »Dann brauche ich die Geschichte ja auch gar nicht zu erzählen.«

Aber so war das natürlich auch nicht gemeint.

»Erzähl! Erzähl!«, riefen alle, und die junge Dame rief am lautesten.

»Dscha«, begann Heinrich Kastendiek. »Das war damals, als unser Käpten Bullermann zwischen den Tuamotu-Inseln und den Gesellschaftsinseln aus'm Kurs gekommen war. Wisst ihr, wo das liegt?«

»Nee«, riefen sie wie aus einem Munde.

»Im Südpazifischen Becken«, antwortete Heinrich Kastendiek, und die Nichten und Neffen sagten: »Aha!« und waren auch nicht klüger als vorher.

»Unser Käpten Bullermann war völlig verzweifelt, denn nun war auch noch unser Kompass ausgefallen, und die Sterne, die uns den Weg hätten weisen können, lagen hinter einer dicken schwarzen Wolkenwand verborgen.

Da geschah es, dass eines Morgens eine riesengroße Seeschlange ihren Kopf aus dem Wasser steckte und sich anschickte, vor dem Schiff hin und her zu schwimmen, als wolle sie uns den Weg weisen.

›Was soll man dazu sagen?‹, fragte mich Käpten Bullermann, denn ich war Steuermann und stand neben ihm.

Doch das wusste ich natürlich auch nicht.

Ich hatte noch nie eine so große Seeschlange gesehen und schon gar nicht eine Seeschlange, die sich als Fremdenführer anbot.

Käpten Bullermann aber meinte: ›Lieber'n Strohhalm als gar nix.‹

Er gab mir den Befehl, der Seeschlange zu folgen. Und so erreichten wir eine Insel, die auf keiner Karte verzeichnet war.

Wir fanden dort, nicht weit vom Land, einen sehr günstigen Ankerplatz.

Käpten Bullermann ließ ein Boot klar machen, und er selbst fuhr mit einigen tüchtigen Leuten an Land, nachdem er mir die Führung des Schiffes anvertraut hatte.

›Einer muss an Bord bleiben, auf den ich mich im Notfall verlassen kann‹, sagte er und fügte hinzu: ›Wenn wir bis morgen nicht zurückkommen, nimmst du Kurs auf die offene See.‹

Ich guckte durch den Kieker und sah, wie der Käpten und die anderen an Land gingen. Sie verschwanden hinter einem kleinen Hügel, und dann waren sie weg.«

Kapitän Kastendiek hatte inzwischen einen trocken Hals bekommen. Er hielt Ausschau nach einer Flasche Bier, die ihm dann auch von der jungen Dame, mit der er über mehrere Ecken verwandt war, gebracht wurde.

Er nahm einen kräftigen Schluck und fuhr fort:

»Der Abend kam, und nichts rührte sich auf der Insel. Die Nacht brach an.

Totenstille!

Und auch am nächsten Tag sah und hörte man nichts.

Ich dachte an den Befehl von Käpten Bullermann, dass ich in die offene See auslaufen sollte, wenn er und die anderen kein Lebenszeichen von sich gaben.

Ich zögerte jedoch die Abreise hinaus. Warte bis zum Abend, dachte ich.

Dieses Zögern, was eigentlich gar nicht meine Art ist, sollte sich als richtig erweisen.

Tatsächlich sah ich in der Abenddämmerung Käpten Bullermann und die anderen wie von Furien gehetzt an den Strand laufen.

Sie sprangen ins Boot und ruderten wie verrückt zu uns zurück. Sie kletterten an Bord, und Käpten Bullermann brauchte erst einmal einen Rum – und die anderen natürlich auch.

Dann aber erzählte Käpten Bullermann, dass sie auf der Insel von hundsköpfigen Kerlen empfangen worden seien, die sich mehr bellend als sprechend unterhielten, aber keine Miene machten, ihnen etwas Böses anzutun. ›Ihr wisst ja‹, sagte Käpten Bullermann, ›Hunde, die bellen, beißen nicht.‹

Plötzlich aber seien wunderschöne Frauen gekommen, es waren die Frauen der hundsköpfigen Männer, die im Übrigen nichts zu sagen hatten. Sie kuschten wie die Hunde, als die Frauen auftraten, und darum wandte ich mich gleich an eine der Frauen und fragte, wo wir seien und was das mit den hundsköpfigen Kerlen auf sich habe.

Eine der Frauen sagte: ‚Ich weiß nicht, wie unser Land heißt. Wir nennen es unser Land. Und was die

Kerle betrifft – alle Männer seien Hundsköpfe, und so müsste man sie auch behandeln.‹

Käpten Bullermann, der sich ganz schnell an den Kopf fasste, um zu fühlen, ob er auch inzwischen einen Hundskopf auf seinem Hals sitzen habe, wollte noch einiges fragen. Doch dazu kam er nicht mehr. Die wunderschöne Frau gab den Befehl, die merkwürdigen Männer, die das Schicksal ihnen beschert hatte, zu binden und in einen Stall zu werfen.

Da lag nun Käpten Bullermann und haderte mit seinen Geschick, und die anderen haderten mit. Und als ihnen am Abend eine unwahrscheinlich scharf gewürzte Suppe gebracht wurde, die selbst Bullermann nicht hinunterwürgen konnte, obwohl er Schärfe liebte, teilte ihm ein Hundskopf flüsternd und jaulend mit, dass sie am nächsten Tag geschlachtet werden sollten. Denn nichts äßen die Frauen lieber als Menschenfleisch.

Da wurde Käpten Bullermann mulmig zumute, und er suchte nach einer List, den wunderschönen Frauen zu entkommen.

Aber er brauchte seinen Kopf nicht anzustrengen. Denn einer der Hundsköpfe hatte Mitleid mit ihm und seinen Leuten. Er band sie los und gab ihnen den Rat, sich zunächst zu verstecken und sich am nächsten Abend aus dem Staube zu machen.

Und das haben Käpten Bullermann und seine Leute getan. Und so kamen sie schließlich wieder zurück an Bord.

Als sie an Bord waren, verzogen sich die schwarzen Wolken, und klare Sterne wiesen uns den Weg zurück in die Zivilisation.«

»Aber du, Onkel Heinrich«, fragte eine der Nichten, »du hast die hundsköpfigen Männer nicht gesehen?«

»Nee«, sagte Heinrich Kastendiek.

»Und was Käpten Bullermann betraf ...«, setzte ein Neffe zu einem Satz an, der dann allerdings von Kapitän Heinrich Kastendiek ergänzt wurde, »... der hat, so lange er schnacken konnte, das Blaue vom Himmel heruntergelogen.«

»Und die anderen, die dabei waren?«

Heinrich Kastendiek sagte: »Die haben gegrinst.«

Kapitän Johann Bradherings Abschied von der christlichen Seefahrt

45 Hände geschüttelt

Kapitän Johann Bradhering saß an Bord vor seinem leeren und aufgeräumten Schreibtisch. Der Schreibtisch war immer leer und aufgeräumt. Aber diesmal war das anders.

Es hieß Abschied nehmen von der Seefahrt. Mit 67 Jahren. Zwei zusätzliche Arbeitsjahre hatte ihm die Reederei immerhin geschenkt.

Er dachte noch einmal zurück an all die Jahre, die ihm das Schicksal auf See gegönnt hatte.

Vor allem an die Jahre als Junge und als Leichtmatrose auf Seglern in Nord- und Ostsee und als Matrose auf fast allen Weltmeeren.

Pro Tag zwei Wachen. Das waren zwölf Stunden Arbeitszeit.

»Diese Zeit«, pflegte der »Alte« zu sagen, »ist von Gott gegeben.«

Hinzu kamen natürlich die Überstunden, die aber nicht als Überstunden gezählt wurden, denn Überstunden mussten bezahlt werden. Daher wurden derartige Überstunden als Notstandsarbeiten geführt.

Die waren ebenfalls von Gott gegeben. Infolgedessen brauchten sie auch nicht bezahlt zu werden. Denn der liebe Gott hat keine Heuerstelle.

Johann Bradhering musste schmunzeln.

Geschadet hat es nicht, dachte er.

Und dann fiel ihm der »General von Steuben« ein, vor dem Zweiten Weltkrieg ein beliebtes Passagierschiff, auf dem er als junger Offizier auf der Brücke Dienst getan hatte.

Ja, damals hieß das Schiff noch der »General von Steuben« und stand damit ein bisschen verloren in der seemännischen Grammatik. Denn im Allgemeinen sind Schiffe weiblichen Geschlechts.

Im Jahre 1938 fiel den damals herrschenden Nazis ein, dass der Herr von Steuben gar kein preußischer General gewesen war, sondern dass er auf Grund seiner schlechten Beziehungen zum Preußenkönig Friedrich II., der in großer Zeit »der Große« genannt wurde, nach Amerika ausgewandert war und es eben dort zum General gebracht hatte.

Daraufhin wurde der »General von Steuben« degradiert. Ab jetzt hieß das Schiff nur noch die »Steuben«.

Doch diese Geschlechtsumwandlung hielt nicht lange vor. Die »Steuben« wurde gegen Ende des Zweiten Weltkrieges zur Beförderung von Flüchtlingen aus dem Osten eingesetzt - und wurde schließlich in der Ostsee versenkt.

Ja, und dann der Krieg, der für Johann Bradhering damit begann, dass er zunächst Kommandant eines für die Wetterbeobachtung nach Nordnorwegen beorderten ehemaligen Fischdampfers wurde. Später, als Oberleutnant zur See d. R. (der Reserve), war er Kommandant eines Minensuchers an der französischen Atlantikküste.

Einmal, an einem Freitag, musste das Schiff zum Entsetzen von Johann Bradhering auslaufen.

»Krieg ist Krieg«, hatte der Kommandeur gesagt. »Da darf man keine Rücksicht nehmen auf bestimmte Wochentage. Schon gar nicht auf abergläubische Seeleute der Handelsmarine.«

Das Schiff wurde von feindlichen Bombern angegriffen. Bradhering kam aus seiner Kammer, ging aber nicht, wie er es gewohnt war, an Backbord auf die Brücke, sondern an Steuerbord. In diesem Augenblick wurde das Schiff an der Backbordseite von einer Bombe getroffen und sank innerhalb kurzer Zeit. Die Besatzung, einschließlich Bradhering, ging von Bord und rettete sich schwimmend an den nicht weit entfernten Strand.

Nach dem Krieg landete Bradhering bei der »Firma Schiet & Schutt«. Er arbeitete als Holzeinschlagsarbeiter und sammelte brauchbare Steine aus den Ruinen seiner Heimatstadt.

Und als es langsam wieder eine deutsche Schifffahrt gab, fuhr Bradhering als Zweiter auf der »Berlin« unter Kapitän Lorenz, der weit und breit als knorriger Seebär bekannt war.

Der stand im Englischen Kanal bei Durchfahrten im Nebel ununterbrochen auf der Brücke, oft in der Brückennock, um bessere Sicht zu haben. Nur ab und zu wurde ihm eine Tasse Kaffee gebracht. Sonst nichts. Alles andere hielt nur auf.

Lorenz verließ sich auf seine Augen und auf seinen Instinkt für Gefahren.

Johann Bradhering dachte ein bisschen mit Rührung an seinen alten Kapitän, der einen großen Respekt vor dem Außenweserrevier hatte.

Einmal hatte er gesagt: »Der Weg von New York über den Nordatlantik bis kurz vor Bremerhaven ist geradezu ein Jux – aber die letzten Seemeilen vor Bremerhaven, die haben es in sich.«

Johann Bradhering dachte: Lorenz ist lange tot – er hätte sich in dieser Welt nicht mehr zurechtgefunden. Und er dachte, dass auch er, Johann Bradhering, ein auslaufendes Modell war.

Er erhob sich von seinem Schreibtisch und ging durchs Schiff, um Abschied zu nehmen.

Überall musste er Hände schütteln und ein paar freundliche Worte sagen. Und als er von Bord ging, hatte er 45 Hände geschüttelt.

* * *

Wenn er später darüber sprach, sagte er: »Der Kapitän heute, der läuft durch sein großes Schiff und ist glücklich, wenn er mal einen findet, mit dem er schnacken kann. Ganz abgesehen davon, dass es Kapitäne im herkömmlichen Sinne gar nicht mehr gibt. Heute sind das Schiffsmanager, Transportbegleiter, die gar nicht mehr zu gucken brauchen, wohin sie fahren. Die verlassen sich nur noch auf Satelliten und Radar.«

Und dann sagte Kapitän Johann Bradhering: »Seemannsromantik, wie sie der Binnenländer versteht, hat es nie gegeben. Doch Seemannsromantik, die es eben doch gegeben hat, gibt es auch nicht mehr.«

Hermann Gutmann in der EDITION TEMMEN:

Bremer Geschichte(n) ISBN 3-86108-158-X	8.90 €
Bremer Bräuche ISBN 3-86108-156-3	7.90 €
Roland mit de spitzen Knee ISBN 3-86108-154-7	8.90 €
Geschichten aus dem Schnoor ISBN 3-86108-161-X	8.90 €
Schmunzelgeschichten ISBN 3-86108-165-2	8.90 €
Bremer Freimarkt ISBN 3-86108-170-9	8.90 €
Sagen/Geschichten Bremen ISBN 3-86108-163-6	8.90 €
Sagen/Geschichten Bremen-Nord ISBN 3-86108-164-4	8.90 €
Worpsweder Geschichte(n) ISBN 3-86108-169-5	9.90 €
Bremerhavener Geschichte(n) ISBN 3-86108-157-1	7.90 €
Bremerhavener Erinnerungen ISBN 3-86108-166-0	8.90 €
Felix und die alltäglichen Dinge ISBN 3-86108-150-4	9.90 €
Geschichten aus dem Radio ISBN 3-86108-159-8	9.90 €
Opa-Pflichten ISBN 3-86108-155-5	8.90 €
Ehe-Geschichten ISBN 3-86108-152-0	8.90 €
Hat's geschmeckt? ISBN 3-86108-153-9	8.90 €
Pass auf ... nicht bekleckerst ISBN 3-86108-160-1	8.90 €
Mit vollem Munde ... ISBN 3-86108-151-2	8.90 €
Wenn Ostern und Pfingsten ... ISBN 3-86108-171-7	8.90 €
Weihnachtsgeschichten ISBN 3-86108-168-7	9.90 €
Felix, seine liebe Frau Moritz... ISBN 3-86108-167-9	8.90 €

Weitere Titel in Vorbereitung!

Ehegeschichten. Das Hörbuch.
Kassette, 62 Minuten.
ISBN 3-86108-162-8 9.90 €